Querverlag

Corinna Waffender

Flüchtig bleiben

Roman

Das Zitat von Laura Restrepo auf Seite 6 aus: „La venganza de Izrafel“, *Dulce Compañia*, Editorial Norma S.S., Santa Fé de Bogotá, 2001 (Deutsche Übersetzung: Corinna Waffender).

Lektorat: Regina Nössler

Erste Auflage März 2007

Umschlag und grafische Realisierung von Sergio Vitale unter Verwendung einer Fotografie von getty images.

Druck und Weiterverarbeitung: Druckhaus Köthen
ISBN 978-3-89656-138-1
Printed in Germany

Bitte fordern Sie unser Gesamtverzeichnis an:
Querverlag GmbH, Akazienstraße 25, D-10823 Berlin
http://www.querverlag.de

Así, quieto y ausente, estoy bien.
En el color blanco encuentro el reposo.
Déjame dormir. Déjame flotar.
Sólo quiero navegar en las aguas insípidas del olvido.

Laura Restrepo

So, still und abwesend, geht es mir gut.
In der Farbe Weiß finde ich Ruhe.
Lass mich schlafen. Lass mich treiben.
Ich will nur in den trüben Wassern des Vergessens segeln.

Auf den zweiten Blick.

Der erste gilt meinem Hausmeister, der die Treppe herunterkommt und versucht, in meine Wohnung zu spähen. Er wittert sittenwidrige Zustände, seit ich ihn gebeten habe, mich nicht mehr anzusprechen. Ich halte solche Menschen nicht aus, die davon leben, andere zu kontrollieren. Die hinter der Gardine lauern, um mich bei frischer Tat zu ertappen, wenn ich vergesse, das Licht zum Fahrradkeller zu löschen. Die ihre schlaffe, behaarte Haut in weißen Rippenhemden zur Schau tragen und beim Putzen morgens um acht extra mit dem Schrubber gegen die Wohnungstür stoßen, damit niemand länger schlafen kann als sie selbst.

Der erste Blick ist einer, der dich nur streift, ein kurzer Umweg, ein schnelles Vergewissern über die Treppe nach oben und wieder hinunter, eine Warnung an die Außenwelt, die sich in der Figur eines schlecht riechenden selbsternannten Ordnungshüters zeigt. Er weicht mir aus, schaut weg, geht an uns vorbei. Ich verfolge ihn nicht, schlage den Rückweg ein und lande mitten in deinen Augen.

„Hallo, ich bin Toni", sagst du.

Dein Händedruck ist wohltemperiert, du rührst dich nicht, wartest, bis ich dich hereinbitte. Ich sollte dir wohl Fragen stellen, aber es fallen mir keine ein. Kurzzeitig vergesse ich, weswegen du hier bist und biete dir einen Kaffee an.

„A propósito, yo hablo español", sage ich, um etwas zu sagen.

Das Spanisch, in dem du mir antwortest, hat nichts mit dem zu tun, das ich ein paar Semester lang an der Uni gelernt habe und ich bin froh, als du wieder deutsch mit mir sprichst. Fast fehlerfrei und ohne starken Akzent. Ich frage dich nicht, woher das kommt, die Frage wird dir sicher oft gestellt und ich möchte lieber Außergewöhnliches mit dir reden. Wir enden beim Wetter.

Währenddessen schaust du dich unauffällig um, ich deute das als Zeichen von Professionalität. Wahrscheinlich gehst du im Geist die Gegenstände durch, die du abstauben wirst. Ich besitze überhaupt kein Staubtuch. Du wirst all diese Dinge kaufen müssen. Ich zweifle keine Sekunde daran, dass du in Zukunft öfter kommen wirst.

„Wollen wir uns duzen?"

„Kein Problem."

Am Telefon habe ich dich gesiezt, so wie ich alle Menschen sieze, mit denen mich nichts Persönliches verbindet. Mit dir aber besteht vom ersten Augenblick an eine Verbindung. Schon als ich die Treppe hinauf, an dir vorbeisehe, noch nicht weiß, dass mir gleich passieren wird, was ich nie für möglich gehalten habe, spüre ich dich ganz nah vor mir wie eine Antwort auf eine nie gestellte Frage.

„Wann soll ich denn kommen?"

Fast sage ich: Bleib doch einfach, zieh in das kleine Zimmer ein, Handtücher findest du im Badezimmer. Nimm dir, was du brauchst.

Doch meine Vernunft hält mich zurück. Ein wenig jedenfalls.

„Ich weiß nicht. Ich gebe dir einen Schlüssel und du kommst, wann du willst."

Du siehst mich ein wenig verwundert an und als du gegangen bist, fällt mir auf, dass wir gar nicht über deinen Stundenlohn gesprochen haben. Es erübrigt sich auch, denn ich würde alles zahlen, damit du wiederkommst.

Nein, ich glaube nicht an die Liebe auf den ersten Blick.

Aber vielleicht an die auf den zweiten.

Nur das Nötigste. Einen Rucksack mit Unterwäsche, Strümpfen, Turnschuhen, zwei Pullovern und einer warmen Jacke. Seife, Zahnbürste, Kamm. Ein Band mit Gedichten von Neruda. Ein leeres Heft, Schreibzeug. Alte Bücher aus der ersten Klasse. Sie hatte noch nie unterrichtet, aber sie war sicher, dass sie dazu in der Lage war. Sie konnte es kaum erwarten, den Kindern irgendwo da draußen auf dem Land Lesen und Schreiben beizubringen. Das war so viel wichtiger als nur davon zu reden, die Gesellschaft verändern zu wollen. Sie musste mit dem Theater aufhören, die Armut der anderen zu beklagen und unter den Reichen zu leben, die es von Geburt an besser hatten und dieses Land mit ihrer Habgier zugrunde richteten. Sie fühlte sich schmutzig, schuldig und sie hatte das Gefühl, an ihrer eigenen Sattheit zu ersticken. Während am anderen Ende des Fortschritts, den sich der Präsident auf bunte Fähnchen schrieb, die Menschen verhungerten und die Kirche ihren Segen dazu gab: ¡Progresemos!

„Wie alt bist du?“

Sie log und machte sich drei Jahre älter.

Viel später erfuhr sie, dass ihr Alter keine Rolle spielte. Sie waren froh um jede helfende Hand beim Aufbau der Friedensdörfer. Die Regierung konnte sie nicht mehr verhindern, seit die autonomen Zonen von den Linken in Europa als Friedensprojekte zum Schutz der Zivilisten vor bewaffneten Kämpfern unterstützt wurden. Es kamen Freiwillige aus Deutschland, Spanien und Frankreich, um Schulen zu errichten, Felder zu bestellen und eine Infrastruktur aufzubauen, die den Bauern eine Alternative zum Anbau von Koka ermöglichen sollte. Denn die Erträge der großen Pflanzen mit den weißen Blüten, die nach der Ernte von tausend nackten Füßen zu weißem Pulver verarbeitet wurden, wanderten nicht in die Münder der hungrigen Familien, die sie kultivierten. Sie flossen zu gleichen Teilen in die Taschen korrupter Politiker und auf die Schwarzgeldkonten der Drogenkartelle, die daran verdienten, dass der Rohstoff nicht nur zum ultimativen Kick der US-amerikanischen High Society veredelt wurde. Das Geschäft war von Anfang bis zum Ende illegal, aber mit der Wirtschaft ging es statistisch aufwärts, man hielt den Staat für demokratisch, und wer genügend Geld hatte, leistete sich eine kleine Privatarmee, um sich und seine Familie vor Diebstahl, Gewaltverbrechen und Entführungen zu schützen. Die Mittelschicht bekam wenig, aber immerhin genug vom großen Kuchen ab, um sich nicht aufzulehnen, und die, die sich auflehnten, kamen über kurz oder lang auf tragische Weise ums Leben. Die Unterschicht begriff nicht einmal, dass sie ein Recht darauf hatte, sich zu beklagen, die Ärmsten der Armen wurden Sonntag für Sonntag von der Kanzel für ihre Engelsgeduld belohnt: Sie waren Gottes liebste Kinder, solange sie mittellos blieben. Sie ergaben sich ihrem Schicksal, weil sie daran glaubten. Und sie glaubten daran, weil sie nichts wussten.

Deshalb war sie überzeugt davon, dass es nur einen einzigen Ausweg aus der Armut geben konnte: Bildung. Wenn die Kinder erst einmal die Macht über die Worte hätten, würden sie als Erwachsene verstehen, was Recht und Unrecht war. Könnten Verträge verstehen, bevor sie ihren Namen statt eines Kreuzes darunter setzten. Wählen gehen. Über ihre eigene Zukunft entscheiden.

So wie sie, in dieser Nacht, still und leise, damit niemand sie aufhalten konnte.

Ihr Vater würde toben, nach ihr suchen lassen, sie zur Rückkehr zwingen wollen. Ihre Mutter würde beten. Ihre kleine Schwester würde weinen. Sonst würde niemand sie vermissen. Ihre Freunde erwarteten sie bereits.

„Gerade wenn man privilegiert ist, hat man die Pflicht zu helfen", hatte Juan auf einem der Meetings gesagt und sie war errötet, als er sie angesehen hatte.

„Ich meine nicht die Wohltätigkeitsveranstaltungen unserer Mütter und auch nicht den Imperialismus der Industrieländer, den sie uns als Entwicklungshilfe verkaufen wollen. Ich meine echte Hilfe. Ich meine, die Ärmel hochzukrempeln, sich nicht zu fein zu sein für die Arbeit mit bloßen Händen. Ich meine, dorthin zu gehen, wo die Ärmsten um ihr Überleben kämpfen und mit ihnen zu teilen: unser Wissen, unser Brot, unsere Liebe zu diesem Land."

Sie hatte im Türrahmen gestanden, als schon alle gegangen waren und auf ihn gewartet, um ihm diese eine Frage zu stellen, die ihr ganzes Leben verändern sollte.

„Was machst du da?"

Erschrocken fuhr sie herum und sah Carla im Türrahmen stehen. Ihre Pyjamajacke war schief zugeknöpft, und die Elfjährige rieb sich die Augen.

„Geh wieder schlafen", sagte sie und nahm Carla in den Arm.

„Wohin gehst du? Warum packst du deinen Rucksack?"

„Ich mache eine kleine Reise. Aber das ist ein großes Geheimnis." Verschwörerisch legte sie den Zeigefinger auf ihre Lippen.

„Nimmst du mich mit?"

„Das geht leider nicht."

„Ich will aber!"

„Ich komm doch bald wieder."

„Ich will aber mit!"

Sie hielt Carla für einen Moment fest und vergrub ihr Gesicht in ihrem weichen Nacken.

„In Ordnung", sagte sie schließlich. „Ich packe unsere Sachen und du legst dich so lange wieder ins Bett, bis ich fertig bin. Dann wecke ich dich und wir gehen zusammen."

„Versprochen?"

„Hab ich dich jemals belogen?"

Carla schüttelte müde den Kopf.

„Na also." Sie nahm die Schwester an der Hand und brachte sie zurück in ihr Zimmer. Wartete, bis sie im Bett war und deckte sie zu. Bevor sie ging und als sie sicher war, dass Carla schlief, küsste sie sanft ihre Stirn.

„Schlaf schön, meine Süße. Ich hab dich lieb, vergiss das nie. Und verzeih mir", murmelte sie, bevor sie das Licht löschte und hinausschlich.

Aus dem Kinderzimmer, aus dem Haus, in ein anderes Leben.

Ich suche dich unter Fremden auf der Straße. Auch du bist nicht mehr als eine willkürliche Zusammenstellung aus Einzelheiten vieler. Überall lauert etwas von dir. Deine Haarfarbe, deine Zähne, deine breiten Schultern. Ich denke mir deine Augen in meinen Kopf und sehe braun: die Blätter, die sich zum freien Fall entschließen, meine Hände auf der Tischplatte, ein Schokoladen-Eis. Unsichtbar begleitest du mich durch die Stadt, sitzt neben mir in der U-Bahn, schlenderst mit mir durch den Park. Schließlich treffe ich dich in meiner Wohnung. Du bist gerade fertig, sagst du.

Ich bitte dich auf den Balkon. Als ich mit den Tassen wiederkomme, sitzt du noch immer regungslos auf dem Stuhl in der prallen Sonne. Ich spanne den Sonnenschirm auf und rede Unsinn.

„Putzt du gern?"

„Arbeitest du gern?"

„Manchmal", antworte ich.

„Ich nicht."

Wir lachen, ich verschütte Kaffee und du wischst die kleine braune Pfütze mit einem Papiertaschentuch von der Tischplatte.

„Was willst du später machen?“, frage ich.
„Wann später?“
„Irgendwann. Wenn dir Putzen langweilig geworden ist.“
„Studieren.“
„Was denn?“
„Philosophie.“
„Warum ausgerechnet Philosophie? Damit findest du doch nie einen Job!“
„Nein“, antwortest du und ich bin nicht sicher, ob du mir damit widersprechen oder Recht geben willst.
Du isst das dritte Stück Marmorkuchen und ich sehe dir möglichst unauffällig dabei zu. Es ist an mir, Fragen zu stellen, offenbar hältst du Kommunikation am Kaffeetisch für nicht besonders wichtig.
„Wo wohnst du eigentlich?“
Du deutest mit dem Zeigefinger nach links über die Balustrade, dahin, wo ich die Autobahn vermute, und lässt den Arm wieder sinken.
„Allein?“
Augenblicklich hörst du mit dem Kauen auf.
Ich hebe abwehrend die Hände. „Entschuldige, ich wollte nicht neugierig sein. Interessiert mich einfach, wie du so lebst.“
Du schluckst, kaust weiter und wischst dabei nicht nur die Krümel vom Tisch.
„Wo hast du so gut Deutsch gelernt?“
„In einer deutschen Schule.“
Du trinkst einen Schluck Kaffee.
„Und du? Wo hast du so gut Spanisch gelernt?“
„In Spanien und an der Uni. Es war mein Zweitfach. Ich bin ziemlich aus der Übung. Vielleicht kannst du mir hin und wieder ein wenig Nachhilfe geben?“

„Ich glaube nicht, dass du das brauchst."
„Ich schon. Alles eingerostet."
„Eingerostet?"
„Ja, es dauert, bis mir die richtigen Worte einfallen."
„Was bedeutet das Wort eingerostet genau?"
„Rost entsteht, wenn Eisen aufgrund von Wassereinwirkung oxidiert. Wenn das zum Beispiel mit einer Schraube passiert", ich zeige auf eine, die den wackligen Klapptisch zusammenhält, „dann lässt sie sich nicht mehr drehen. Dann ist sie eingerostet."
„Oxidiert?"
„Genau. Woher kommst du eigentlich?"
„Lateinamerika."
„Aus welchem Land?"
„Ist das wichtig?"
Du wirst ungeduldig und ich fühle mich wie eine ungeschickte Pädagogin, die eine Antwort aus einem bockigen Kind herausbekommen will.
„Ich war noch nie in Lateinamerika", sage ich, als ob dich das interessieren könnte. „Ich war überhaupt noch nie auf einem anderen Kontinent." Auch das scheint dich nicht sonderlich zu beeindrucken.
„Was bist du von Beruf?", fragst du plötzlich.
„Eigentlich nichts. Ich habe Publizistik und Fremdsprachen studiert. Danach habe ich angefangen, als Texterin zu arbeiten. Jetzt habe ich eine PR-Agentur."
Ich schäme mich. Ich hätte lieber gesagt: Journalistin. Oder: Verlegerin. Oder meinetwegen sogar: Lehrerin. Alles wäre mir lieber als Werbetante. Wahrscheinlich denkst du, ich habe einen Intelligenzquotienten von siebzig und ein Reflektionsvermögen auf Teenagerniveau.

Ich suche angestrengt nach einem Grund, dich vom Gehen abzuhalten, aber mir fällt beim besten Willen nichts ein.

„Danke für den Kaffee“, sagst du und stehst auf. Lächelst, als wäre es nicht so schlimm gewesen.

„Gern.“ Sag etwas, denke ich, sag irgendetwas Kluges oder Nettes oder etwas, das ihr zeigt, dass sie dir gefällt. Blackout.

Ich bringe dich zur Tür und schließe sie, sobald du die Schwelle übertreten hast. Im Boden versinken will ich. Mich auflösen. Zwanzig Jahre jünger sein und dir hinterherlaufen und dich umarmen. Aber das tut man nicht einmal mit neunzehn, wenn man sich erst eine Woche kennt.

Die Soldaten kamen mitten in der Nacht. Rissen das Dorf aus dem Schlaf, schossen in die Luft und trieben die Menschen aus ihren Häusern. Sie meinten es ernst. Die Regierung duldete den winzigen Staat im Staat nicht länger. Auch wenn er besser funktionierte als der Staat selbst. Oder vielleicht deshalb.

Sie haben uns alles kaputt gemacht, dachte sie, während sie zwischen den Trümmern herumlief. Natürlich ging die Guerilla ein und aus, aber hatte sie nicht auch beim Aufbau des Dorfes geholfen? Was war daran schlecht? Nun waren die Dorfbewohner verängstigt, die internationalen Gelder würden gestrichen, weil es heißen würde, es handelte sich um eine unsichere Zone, in der die Guerilla die Kontrolle übernommen hätte. Ein Jahr Arbeit für nichts. Ihr war zum Heulen.

„Sie verstehen nichts. Gar nichts. Denken an ihre Wiederwahl. Der Präsident ist ein Feigling wie alle anderen vor ihm auch. Markiert den dicken Mann, weil er Angst hat. Weil er die Stimmen der Reichen verliert. Weil das Volk nicht mehr an ihn glaubt." Roberto schoss wütend einen Stein gegen die Häuserwand. „Sieh dir das an: Zerstörung, das ist alles, wozu sie fähig sind! Korruption und Gewalt!"

„Und was sollen wir jetzt machen?"

„Sie verstehen doch nur eine Sprache." Er sah sie mit funkelnden Augen an.

„Du willst dich der Guerilla anschließen?"

„Wir sind doch der Guerilla schon lange angeschlossen."

Stimmte das? Manchmal verteilten sie Flugblätter, lasen marxistische Schriften und diskutierten im Dorf über kollektives Eigentum. Aber das war etwas anderes, als in die Berge zu gehen.

„Ach! Und wo willst du hin? Zurück nach Hause zu Mama und Papa?" Er sah sie angriffslustig an.

„Quatsch!"

Aber er hatte Recht. Wohin sonst sollte sie gehen? Hier fühlte sie sich sicher vor ihrem Vater, bis hierher hatte nicht einmal sein Einfluss gereicht. Bis gestern. Nun war es eine Frage der Zeit, bis er sie holen ließ. Das Militär hatte alle Bewohner des Dorfes registriert und es war ihnen untersagt, das Gebiet zu verlassen.

„Ich geh in die Berge", sagte Roberto leise, als fürchtete er, belauscht zu werden, obwohl weit und breit niemand von ihnen Notiz nahm.

„Hast du keine Angst?"

„Ich habe mehr Angst zurückzugehen in die Stadt. Ich habe keinen Job, meine Familie hat kein Geld. In den Bergen habe ich wenigstens ein Dach über dem Kopf und weiß, wofür ich kämpfe."

„Wofür denn?"

„Für die Befreiung der Arbeiter und Bauern aus der Unterdrückung der herrschenden Klasse."

Es klang gut, es klang mutig und sie klammerte sich eine ganze Nacht daran. Auch für sie gab es kein Zurück mehr.

Nicht mehr, seit sie wusste, was es hieß, arm zu sein. Wie sich ein leerer Magen anfühlte, was eine offene Wunde weit weg von Krankenhäusern und Arztpraxen bedeutete, seit sie wusste, wie man von der Hand in den Mund lebte, ohne Geld, ohne Sicherheit und in ständiger Angst. Wenn das Einzige, woran man glaubte, der Boden unter den Füßen war, von dem man im nächsten Moment schon vertrieben werden konnte.

Der bloße Gedanke an die Stadt bereitete ihr Beklemmungen. Sie konnte sich alles noch viel zu gut vorstellen: Den Geruch gemangelter Bettwäsche und das Rasierwasser ihres Vaters, die hohlen Reden der Mitstudentinnen, die ihren Beruf, für den sie jahrelang an der Universität Prüfungen abgelegt hatten, niemals ausüben würden, weil sie Ehefrauen wurden. Kluge Architektinnen, Juristinnen, Übersetzerinnen und Naturwissenschaftlerinnen, Frauen, die dieses Land nicht zu Hause, sondern in Büros, Unternehmen und Schulen gebraucht hätte, sie alle degradierten sich freiwillig nach der Heirat zu Dekorateurinnen, Hausverwalterinnen und Wohltätigkeitsveranstalterinnen.

Wie ihre Mutter. Was wäre aus ihrer Mutter geworden, wenn sie nicht Don Pedro geheiratet, wenn man ihr nicht dieses Bündel Kind vor die Tür gelegt hätte?

„Sie hätte dich am liebsten aus dem Fenster geworfen, Antonita, aber du warst einfach zu süß. Hast sie mit deinen großen braunen Kulleraugen angesehen und ihr krankes Herz geheilt." Nelly musste es wissen. Nelly sorgte für Ordnung im Haus, seit es das Haus gab.

„Wieso hat Vater mich behalten wollen?"

„Deine richtige Mutter war seine große Liebe."

„Hast du sie jemals gesehen?"

„Ja, aber nur von weitem. Er durfte nicht mit ihr hereinkommen."

„Woher weißt du dann, dass sie seine große Liebe war?"

„Man hat es ihm angesehen. Vor seiner Heirat mit Doña Beatriz war er ein glücklicher Mann. Aber eine kleine Angestellte war nicht gut genug für die Familie. Sein Vater, also Don José, dein Großvater, hat ihm den Umgang mit deiner Mutter verboten. Er gehorchte. Er wusste nicht, dass sie schwanger war. Sie hat ihm keine Szene gemacht, sie war stolz. Vor deiner Geburt hat sie einen Brief geschrieben. Wenn ihr etwas passiert, soll man dich zu ihm bringen. In dem Brief stand auch, dass du seine Tochter bist. Sie ist bei der Geburt gestorben. Zu Hause. Das hat er sich nie verziehen. Deshalb hat er dich nicht weggegeben. Du bist die Schuld, die er auf sich genommen hat."

Sie hatte seinen Namen bekommen, die beste Ausbildung und seine unerbittliche Strenge zu spüren. Als wollte er sie auf das Schlimmste vorbereiten. Aus Liebe? Er liebte nicht. Er funktionierte. Herrschte. Je älter sie wurde, desto mehr ging er ihr aus dem Weg. Behandelte sie wie eine Fremde im eigenen Haus. Wie seine Angestellten. Wie seine Frau.

„Doña Beatriz hat dich großgezogen wie ihre eigene Tochter. Aber man sagt, sie hat sich gerächt. Immerhin ließ deine Schwester zwölf Jahre auf sich warten ..."

Ihre Mutter als Stiefmutter? Als sie es erfahren hatte, wollte sie auf der Stelle davonlaufen. Aber es war Doña Beatriz selbst gewesen, die sie zurückgeholt und ihr grob die Tränen aus den Augen gewischt hatte.

„Man kann sich die Dinge im Leben nicht immer aussuchen. Doch man kann versuchen, das Beste daraus zu machen. Glaubst du, mir hat es gefallen, drei Wochen nach meiner Hochzeitsreise ein fremdes Kind vor meiner Haustür zu finden? Natürlich wollte ich dich am Anfang nicht. Schon deshalb nicht, weil alle sahen, dass du nicht meine

Tochter warst. Aber ich habe das Beste daraus gemacht: dich, meine Älteste. Und darauf bin ich stolz. Also hör auf zu weinen und sei froh, dass ich dich so sehr liebe."

Es blieb das einzige Mal, dass ihre Mutter sie lange in den Arm genommen hatte, das einzige Mal, dass sie darüber gesprochen hatten. Man redete nicht über Gefühle in Don Pedros Haus. Man redete am besten überhaupt nur, wenn man gefragt wurde. Nein, es war völlig ausgeschlossen, dorthin zurückzukehren.

Sie gingen im Morgengrauen, nahmen den Trampelpfad, den die Soldaten nicht bewachten. Sie verabschiedeten sich nicht von ihren Freunden, nicht von den Familien und nicht von den Kindern. Am nächsten Morgen würden ihre Lehrer nicht zum Unterricht erscheinen. Die Schüler säßen unruhig in ihren Bänken, irgendwann würde Paco zu seiner Mutter laufen und sagen:

„Toni kommt nicht!"

Und alle wüssten, wohin sie unterwegs war.

Du bist wunderschön. Die Konturen deines Körpers haben sich mir ins Gedächtnis eingebrannt und ich komme mir vor wie eine alte Hexe, die sich das Elixier deiner Jugend erschleichen will. Du trägst weit ausgeschnittene T-Shirts, ich ertappe mich dabei, wie ich deine Brüste anstarre, wie ich sie berühren will, nicht zufällig, sondern gewollt, fast brutal.

Wenigstens bin ich noch immer leicht gebräunt. Der Sommer scheint mir eine Ewigkeit her zu sein, dabei liegt er noch gar nicht lange zurück. Es war die Zeit, bevor du in mein Leben getreten bist, eine Zeit, in der ich dachte, alles könnte so weitergehen wie bisher. Ich habe mich sicher in dieser Wohnung gefühlt, die viele für eine Traumwohnung halten, eingeschlossen in meinem Selbst, das mit sich allein zufrieden war. Eine lockere Wochenendbeziehung, hin und wieder eine bedeutungslose Affäre, ich war überzeugt davon, ich hätte die Lust am Erobern verloren. Fremdes Terrain hat aufgehört, mich zu interessieren, vielleicht weil ich nicht mehr daran geglaubt habe, wirklich das Paradies zu finden. Die Liebe in meinem Leben ist nie so spektakulär gewesen wie in meinen Träumen. Oder vielleicht waren meine Träume immer spektakulärer als meine Geliebten, weil Träume so sein müssen: ein warnender Zeigefinger, die Wirklichkeit auf Optimierung zu überprüfen.

Die Frauen, in deren Betten ich von Zeit zu Zeit erwache, sind meistens gut aussehende Führungskräfte oder wollen es werden. Nicht selten schlafen sie deshalb mit mir. Das stört mich nicht, ich helfe gern. Sie denken, ich wäre, wie sie werden wollen, dabei bin ich wohl eher das Gegenteil davon. Wahrscheinlich lerne ich Frauen wie mich nicht kennen, weil ich sie im tiefsten Innern so sehr verachte wie mich selbst für meine Herkunft. Ich gehe ihnen aus dem Weg, denn sie würden vielleicht merken, woher ich komme. Spüren, dass mein Vater Isolierer und meine Mutter Verkäuferin war. Und dass ich, statt im Kindergarten, im schmutzigen Sandkasten einer Hochhaussiedlung großgeworden bin. Und doch ist mir manchmal danach, an einem heißen Augustabend auf der Terrasse Würstchen zu grillen. Nicht auf einem dieser neumodischen Elektrogrills, sondern auf einem Holzkohlegrill, den man vorzugsweise mit umweltfeindlichen Anzündern entfacht und Rauchzeichen aussendet, die auf meinem Balkon mit Sicherheit dazu führen würden, dass mein Nachbar die Feuerwehr riefe. Es ist eine Art Sehnsucht nach einem Gefühl der Geborgenheit im Elend. Es schmeckt nach Heringen in Sahnesoße und Eierlikör, nach Frankfurter Kranz und Gewürzgurken, nach Bierküssen und Schnapsschmatzern, nach Schweiß und Kölnisch Wasser und Franzbranntwein. Kein Vergleich zu Jil Sander, Trüffelöl, Champagner und italienischen Vorspeisentellern, Begleiter meiner neuen Heimat. Das Heimweh nach zu Hause ist intensiver, brutaler und ehrlicher. Es ist so unmittelbar und direkt wie das Bedürfnis, dich anzufassen. Seit ich dich gesehen habe, will ich mit dir schlafen. Ich begehre dich. Ohne Grund, aus heiterem Himmel.

Ich könnte dich zu kaufen versuchen, du scheinst das Geld zu brauchen. Und manchmal siehst du mich so an, als könnte ich dir gefallen. Spürst du mein Verlangen? Es ist so unkontrolliert, dass es mich selbst erschreckt. Denn ich will dich nicht nur küssen, umarmen, berühren. In meiner Vorstellung dringe ich tief in dich ein. Als ob in dir etwas vergraben läge, das ich zum Überleben bräuchte. Nachts träume ich davon, in dir zu sein, dich festzuhalten, deinen Körper unter mir festzunageln und dir dabei in die Augen zu sehen. Ich habe noch nie solche Augen gesehen. Ich habe es wahrscheinlich schon unzählige Male gedankenlos zu anderen gesagt. Aber diesmal, bei dir, meine ich es so: Du hast schöne Augen.

„Soll ich nächste Woche wiederkommen?"

„Kannst du zweimal?"

„Wann denn?"

„Das ist mir egal. Wie du willst."

Du wirst mich für dekadent halten. Aber ich muss dich sehen, ich muss dich in meiner Nähe haben. Und ich muss meine Verabredung am Wochenende absagen.

Die Tür der Patientin in Zimmer 34 wurde von einem Mann in einem schäbigen Anzug bewacht, der mit ausgestreckten Beinen auf einem Stuhl saß und sich mit einem Zahnstocher die Fingernägel säuberte. Niemand betrat ohne sein Einverständnis das Zimmer, selbst die Krankenschwestern warteten sein Nicken ab, denn er würde im Zweifelsfall keine Sekunde zögern, von der Waffe, die er unter der Jacke trug, Gebrauch zu machen.

Sie hing drinnen an Schläuchen, war nicht bei Bewusstsein. Noch ahnte sie nicht, dass sie überlebt hatte. Man hatte ihr einen Teil der Haare abrasieren müssen, um ihren verletzten Kopf zu behandeln, über den sich nun eine Naht mit vier Stichen zog. Das meiste Blut aber hatte sie durch die Verwundung an der linken Hand verloren. Man musste literweise Blutkonserven heranschaffen. Es grenzte an ein Wunder, dass sie es überhaupt so lange ohne medizinische Versorgung ausgehalten hatte.

„Darauf sind sie trainiert. Sie sind unverwüstlich", sagte der behandelnde Arzt nach der Operation nicht ohne Respekt. Er ließ ihr Morphium verabreichen. Gegen die Schmerzen und damit sie ausschlafen konnte.

„Verhöre frühestens in drei Tagen." Mehr konnte er nicht für sie tun.

Manchmal zuckte ihr blasses Gesicht, die Lippen oder die geschlossenen Augen. Dann träumte sie von der Vergangenheit, einer Zeit, in der sie keine schweren Stiefel trug, sondern leichte Sandalen, keine olivgrünen Hosen, sondern ein blaues Kleid und darunter eine weiße Bluse:

Der Unterricht ist zu Ende, und die Fräuleins, wie sie in der deutschen Schule heißen, mahnen die quirligen Mädchen zur Ruhe. Statt ungestüm durch das Schultor zu laufen, sollen sie gesittet über den Hof gehen, wie es sich für junge Damen aus gutem Hause gehört. Niemand soll ihnen die kindliche Ungeduld ansehen, mit der sie über den Schulhof zum Tor stürmen würden, wenn man sie ließe. Die Frau, die von einer Zeit träumt, in der sie noch Antonia heißt, steht am Brunnen im Schulhof und schaut auf die Straße. Dort steht schon Eduardo mit dem schwarzen Mercedes bereit. Als er sie sieht, steigt er aus und hält die Tür auf. Sie will auf ihn zugehen, wie jeden Nachmittag, ihre Tasche auf den Rücksitz werfen und den Haarreif abstreifen, auch heute wird sie versuchen, ihn zu überreden, einen kleinen Umweg zu fahren, damit sie etwas von der Stadt sieht. Die anderen Schülerinnen, größere und kleinere, alle in den gleichen blauen Kleidern und den weißen Blusen mit dem weiten Kragen, die grauen Strickjacken über dem Arm, laufen an ihr vorbei, steigen in die wartenden Autos und hinterlassen große Staubwolken auf der Straße. Sie aber kann sich nicht rühren, steht wie angewurzelt im Patio, ihre Beine gehorchen ihr nicht. Sie will etwas sagen, eine der Lehrerinnen rufen, die jetzt auch das Schulgebäude verlassen und aufrecht über den Hof schreiten, aber sie bemerken sie nicht. Sie will schreien, doch aus ihrer Kehle kommt kein Laut. Schließlich steigt auch Eduardo, als hätte er sie nicht gesehen, wieder in den Mercedes, schlägt die Fahrertür zu, lässt den Motor an und fährt davon. Plötzlich ist sie ganz alleine auf dem Schulhof und es ist totenstill. Die Zweige der Pinien und Eukalyptusbäume beginnen, sich bedrohlich hin und her zu bewegen, zuerst nur leicht, dann heftiger, so stark, dass sich ihre Äste bis fast auf die Erde neigen. Der Himmel verdunkelt sich, die Wolken rücken zu gespenstischem Grau zusammen und die Luft riecht nach Regen. Es braut sich etwas zusammen, etwas Schreckliches, und es wird gleich über sie hereinbrechen. Sie wird ihm hilflos ausgeliefert sein, keiner wird sie beschützen, wenn Blitz und Donner auf sie niederschmettern.

„Hallo, Katharina“, sagst du und der fremde Klang meines Namens ist nicht mehr als ein Pfeil, der in meine Richtung zeigt.

„Hallo, Toni.“ Auch ich weiß nur ungefähr, wie du heißt. Dabei gehst du bei mir ein und aus und nimmst mich zur Kenntnis wie ein Möbelstück. Ich aber will mehr von dir und lade dich zum Abendessen ein.

Du kommst pünktlich auf die Minute, obwohl du keine Uhr trägst. Betrittst die Wohnung, als wärst du noch nie hier gewesen, als wäre die Ordnung darin nicht dein Verdienst. Wir sitzen in der Küche und während ich Gemüse wasche, fragst du mich, warum ich alleine wohne.

„Damit ich nicht nach jeder Trennung eine neue Wohnung suchen muss.“

„Trennst du dich oft?“

„Öfter.“

Du grinst.

„Warum lachst du?“

„Öfter ist schön. Klingt türkisch. Wie Döner.“

„Wie Köfte“, sage ich „klingt genauso gut, schmeckt aber besser.“

Ich erzähle dir, dass ich es mag, alleine zu sein. Ich erzähle dir nicht, dass ich es nie bin. Mein Leben ist ein Kalender und ich treffe mich zwischen meinen Terminen nicht an. Nur manchmal in der Badewanne, wenn das Wasser so heiß ist, dass ich es kaum aushalte, oder an den Sonntagnachmittagen im November, wenn die Dämmerung das Zimmer in einen feinen grauen Nebel taucht, der sich anfühlt wie schwere Jazzmusik. Oder wenn ich samstags Hasch rauche und die Wohnung in Ordnung bringe, als stünde auf jedes Staubkorn die Todesstrafe. Dann bin ich für einen Moment bei mir.

„Wo hast du Zeitungen?"

„Ist dir langweilig?"

„Quatsch", lachst du. „Zusammenarbeit."

Während du mein Küchenfenster putzt, bereite ich das Essen zu. Aus dem Augenwinkel beobachte ich dich. Deine Bewegungen sind geschmeidig, sicher und schnell. Du stellst dich auf die Zehenspitzen und wischst die Scheibe von oben nach unten im Zickzack trocken. Dabei hältst du dich am Fensterrahmen fest. Dein angespannter Körper, deine Muskeln, die sich unter dem T-Shirt abzeichnen – am liebsten würde ich dich von hinten umfassen und mein Gesicht zwischen deinen Schulterblättern vergraben.

Ich wende meinen Blick ab und weine. Die Zwiebel ist viel zu groß, aber ich schneide sie bis auf das letzte Quadrat klein. Solange man weiß, warum man weint, ist es ungefährlich. Die Wimpern fangen die dicksten Tropfen auf, bis man die Lider aufschlägt. Trauer glaubt man nur geschlossenen Augen.

„Fertig", sagst du.

„Wie machst du das, keine Streifen zu hinterlassen?"

„Übung."

Am liebsten würde ich dir meine Tränen servieren. Transparent, rund und zerbrechlich. Tränen an Blattsalat. Mit Meersalz, weil sie aus der Tiefe kommen. Ozeanstückchen, die so satt machen, dass du nach dem Essen in meinem Bett schlafen müsstest, bis zum nächsten Tag. Ich würde dich morgens wecken, dir ein heißes Bad einlassen und zum Frühstück Croissants holen. Hoffen, dass du noch nicht gegangen wärst, wenn ich wiederkomme.

„Warm", murmelst du und wischst dir mit dem Ärmel über das Gesicht.

Die Küche verwandelt sich in ein Gehege. Zwei Raubkatzen, die auf Samtpfoten umeinander schleichen. Zeig mir die Zähne, zieh mir das Fell über die Ohren, gib mir mal das Messer. Dann stehst du plötzlich hinter mir. Mein Schatten. Ich atme nicht. Du atmest mich mit. Dein Körper dicht an meinem, uns trennt ein Schritt von dir. Komm, denke ich, tu es. Vor meinen Augen verbrennen Tofuklötzchen in heißem Öl und kleben am Pfannenboden fest. Ich ahne deine Lippen an meinem Hals und schließe die Augen. Rieche dich. Gleich berühren deine Brüste meinen Rücken, deine Hände meine Hüften.

Langsam stelle ich die Flamme aus. Drehe mich um: Du bist nicht da.

Das Küchenfenster ist so schmutzig, dass ich den Himmel nur ahnen kann. Und das Ausmaß meines Kontrollverlustes noch dazu.

Kurz bevor sie erwachte, setzte die Vorsicht ein. Sie war darauf trainiert, ihren Schlaf um den Bruchteil einer Sekunde zu verlängern, Zeit genug, die geschlossenen Augen unter Kontrolle zu bringen und ihren Ohren zu trauen: Lausche!

Ihre erste Sinneswahrnehmung war ein dumpfer Schmerz im Kopf und ein sich aufbäumender in der linken Hand. Sie zuckte zusammen, konzentrierte sich auf ihren Körper. Stück für Stück dachte sie an ihren Gliedmaßen entlang, benannte sie, versuchte sie zentimeterweise zu spüren. Waren Arme und Beine unversehrt geblieben?

Es roch nicht nach draußen. Nicht nach der kalten Luft der violetten Nächte, nicht nach der kühlen Brise des frühen Morgens und auch nicht nach dem warmen Wind des schwülen Mittags. Sie roch die Berge nicht, kein Gras, nicht die Körper der anderen. Sie bewegte die Finger der rechten Hand und fühlte die glatte Oberfläche eines kühlen Stoffs. Sie atmete tiefer. Weit weg glaubte sie Schritte zu hören. Asphalt? Zement? Fester Boden unter den Füßen. Keine weiche Erde, die jeden Laut verschluckte, kein Geröll, das jede Erschütterung verriet. Dem feinen

Summen nach war sie an einem Ort mit elektrischem Licht. Aus dem leisen Geräusch wurde ein lauteres Brummen, sie spannte sich an. Waren das Motorsägen? Sie könnten zurückgekommen sein, sie nur hierher geschafft haben, um ihr jetzt den Prozess zu machen. Womöglich einen Schauprozess. In einer der Schulen. Abschreckungsmaßnahme für die Bauern, damit sie begriffen, was ihnen passierte, wenn sie sich auf die falsche Seite schlugen. Sie hörte Stimmen, war sich nicht sicher, ob sie sich näherten; es wäre möglich, man hätte sie aufgebahrt, halb tot schon, gerade noch lebendig genug, um sie langsam und qualvoll sterben zu lassen. Sie hatte Angst. Ihr war übel, sie spürte den kalten Schweiß auf der Stirn und darunter das Pochen im Kopf, den sie ihr vielleicht schon gespalten hatten. Am Ende war sie schon auf dem Weg ins Jenseits.

Denk an was Schönes, hörte sie sich zu Estefan sagen, dem sie noch einmal in die furchterfüllten Augen geschaut hatte. Er hatte in ihren Armen gelegen, der Rest seiner Beine hatte heiß an ihren Hüften gezuckt. Sie war bei ihm geblieben, bis der Tod nach ihm gegriffen und ihn mitgenommen hatte.

Denk an was Schönes, sagte sie nun zu sich selbst und suchte nach Bildern, die stärker waren als die Panik, als sich plötzlich zwischen das Motorengeräusch zuerst ein Hupen schob, dann anfahrende Autos, lärmende Busse, die Sirene eines Krankenwagens. Halluzinierte sie? Doch der Verkehrslärm wurde immer stärker, als hätte eine unsichtbare Hand ein Fenster geöffnet.

„Sie ist wach“, sagte eine Frauenstimme in ihrer Nähe, und eine andere antwortete: „Dann hole ich den Doktor.“

Noch immer hielt sie die Augen fest geschlossen, doch innerlich ließ sie langsam locker, die Angst fiel allmählich von ihr ab. Sie hatte es geschafft. Sie war in der Stadt. Erleichtert kehrte sie zu dem stechenden Schmerz in ihrer linken Hand zurück und ergab sich erschöpft einer bleiernen Müdigkeit.

Toni. Ich mag deinen Namen. Ich sage ihn, sooft ich kann. Mit einem kurzen O und einem kaum hörbaren I. So wie der Skifahrer mit den Rollkragenpullovern in den Bergfilmen. Braungebrannt in Schwarz-Weiß.

„Wie heißt der?"

„Sailer. Toni Sailer."

„Wie Seil?"

„Nein."

Es gibt Dinge, die kann ich dir nicht erklären. Auch nicht, wenn wir dieselbe Sprache sprechen würden. Es sind die vergilbten Bilder, die wir nicht teilen. Die Gesichter auf dem Bildschirm mit den farblosen Augen, die Liebesgeschichten in abgestuften Grautönen, so verführerisch die Abmischung von Illusion und Wirklichkeit, dass ich die Pullover von Toni Sailer in Hellblau gesehen habe. Dabei weiß ich nicht einmal mehr, ob er ein Skifahrer oder ein Schauspieler gewesen ist. Aber ich bin sicher, er hat wie du karierte Hemden getragen. Sehe ich auch in dir etwas, das es nicht gibt, bist auch du nur das Ergebnis eines inneren Programms, das ich abspule auf der Suche nach einem Episodenfilm mit Happy End?

Was bleibt, wenn du gegangen bist, ist ein Hauch deines herben Dufts, zwei leere Gläser und die Gewissheit, dass du eben noch da warst, dass wir diese Nähe ausgehalten haben und dass ich dich nicht einsperren will. Nicht in einen Raum, nicht in ein Gefühl, nicht in etwas, das einen Namen hat. Auch nicht, wenn der Tag erst zum Tag wird durch dich. Gerade dann nicht. Warten ist nicht gut. Warten heißt, dass etwas fehlt. Wer wartet, hat ein Bild von den Dingen, die noch nicht sind. Lebt morgen, später, gleich. Dann lieber jetzt allein. Dann lieber die eigene innere Stimme anbrüllen, als müsste ich gegen aufkommenden Sturm anschreien. Du ahnst ja nicht, wie schnell ich untergehe: Mein Körper ist ein Schwergewicht, das an mir hängt, mich in schwarzen Nächten auf bodenlosen Grund zieht. Dort bin ich verankert auf der Flucht vor mir selbst.

„Ohne Liebe?"

Du stellst Fragen wie ein Jäger Fallen: versteckt, unerwartet und präzise.

„Glaubst du denn an Liebe, Toni?"

„Liebe?", sagst du lächelnd. „Schöne Idee."

„Und die große?"

Du ziehst die Augenbrauen nach oben. Als ob ich ein Geheimnis entdeckt hätte. Drehst den Kopf, gehst mit den Augen über mich hinweg, an mir vorbei, durch das Fenster hinaus. Das tust du immer, wenn du mir nicht antworten willst. Du lässt die Stille einfach geschehen, meine Frage in der Leere ersticken. Als spielte es keine Rolle, ob ich mit dir spreche oder nicht. Als läge der Sinn meiner Worte weit hinter ihrer Bedeutung, als wäre es reiner Zufall, wenn wir einander im Gespräch begegnen. Wenn meine Sätze für dich zu einer Melodie ohne Text werden, lässt die Anspannung in deiner Schultermuskulatur mit der Konzentration nach und du greifst nach deinem Tabak und drehst dir langsam eine Zigarette. Du rauchst sie bedächtig bis zu Ende, drückst sie sorgfältig im Aschenbecher aus und lässt mich mit der Sprachlosigkeit zurück.

„Tschüss", sagst du unvermittelt, und es klingt erleichtert.

Manchmal stelle ich mir vor, wie es in dir aussehen muss, wo all die fremden Worte liegen, die du hörst und siehst, ohne immer zu begreifen, woher sie kommen und wie sie miteinander in Zusammenhang stehen. Wie viele davon wohl auf dem Weg in dein persönliches Wörterbuch auseinander brechen, Silben und Endungen verlieren, amputiert in deinem Kopf herumgeistern, auf der Suche nach Anhang. Versehrte Wörter an Krücken und mit klaffenden Wunden, von denen einige den Weg bis ins Sprachzentrum nicht schaffen. Vorher erschöpft am Wegesrand liegen bleiben und sterben wie die Fliegen. Wahrscheinlich schaffen es nur wenige, dafür perfekt. Sie sind dein Handwerkszeug in diesem Land, dessen Namen du niemals aussprichst. Du nennst es einfach Hier und ehe ich begreife, dass du auch mich damit gemeint haben könntest, erhebst du dich lautlos, stellst dein Glas in die Spüle, nimmst deine Jacke und gehst. Folgst einer inneren Uhr, die nicht laut genug tickt, damit ich meine danach stellen könnte. Ich bin zu langsam, dich zurückzuhalten. Es gibt keine Lücke, um dich mit Bitten zum Bleiben zu bewegen, denn meine Zeit ist eine steinige Linie, an der du entlanggleitest wie eine Eidechse. Du verschwindest elegant und blitzschnell. Doch du denkst nur, dass du auf diese Weise keine Spuren hinterlässt.

Bevor eine neue Zeitrechnung beginnen sollte, katapultierten ihre Gedanken sie noch einmal zurück in das Erdloch, in dem sie sich verschanzt hatte. Sie hätte noch die Kraft gehabt aufzustehen und, von Kameraden gestützt, in die Berge zu flüchten. In eines der vom dichten Wald geschützten Verstecke, die keinen Einblick gewährten in die Lager, die jederzeit abgebrochen werden konnten, wenn der Befehl dazu erfolgte. Sie hätte, statt in diesem, in einem anderen Krankenhaus versorgt werden können, in dem die Ärzte aus Angst um ihre Familien die verwundeten Untergrundkämpfer behandelten, Medikamente aushändigten und Stillschweigen bewahrten. Sie hätte dieses Risiko nicht eingehen müssen: als Gefangene vielleicht in eines der berüchtigten Gefängnisse verschleppt zu werden, wo trotz der Demokratie Folter und Vergewaltigung an der Tagesordnung waren, um Geständnisse und Informationen zu erzwingen. Sie hätte sich gegen diese Gelegenheit entscheiden können, gegen den Augenblick des Zögerns, als sich die Paras zurückzogen, weil sie nicht noch mehr Männer verlieren wollten. Sie hätte die Toten und Verblutenden links liegen lassen, einen Laut, ein Zeichen geben können, statt die Zähne zusammenzubeißen, damit der tobende Schmerz in der linken Hand ihr kein Stöhnen entlockte. Sie hätte sich zusammenreißen und weitermachen können wie bisher: Kämpfen für eine Sache, an die sie schon lange nicht mehr glaubte, so tun, als gäbe es diese Sehnsucht nach einem anderen Leben nicht, in dem sie keine Befehle ausführen musste, deren Konsequenzen sie nicht mehr verantworten wollte. Sie hätte eine von denen bleiben können, über die Kinder in den teuren Privatschulen der Stadt lernten, es seien Terroristen. Staatsfeinde.

Doch im selben Moment, als sie gespürt hatte, wie ihr heißes Blut aus der Hand geschossen war und der Schmerz und die Übelkeit sie in die Knie gezwungen hatten, hatte sich etwas in ihr dagegen entschieden, und sie war ihrer inneren Stimme gefolgt:

Bleib liegen. Duck dich. Versteck dich in dem Graben, den du vorhin gesehen hast.

Es war dieselbe Stimme gewesen, die sie Jahre zuvor von zu Hause hatte fortgehen lassen. Dieselbe Stimme, die viel später sagen sollte: Worte verändern dieses Land nicht. Dieselbe Stimme hatte sie nun gedrängt, ihren verletzten Körper dem Schicksal zu übergeben, einem Gott, den sie lange schon verlassen hatte, dem sie am Ende ihrer Kräfte die Möglichkeit der Wiedergutmachung einräumen wollte:

Padre, en tus manos …

Sie hatte ihrem Verstand, dem Zufall und ihrem Familiennamen vertraut. Sie war zu allem bereit gewesen, damit ihre Kameraden sie nicht finden würden, die das ganze Dorf nach ihr absuchten. Sie waren erst gegangen, als sie dachten, dass sie geflohen oder gefangen genommen worden war. Danach fühlte sie sich für einen Augenblick verlassen, die Tränen stiegen ihr in die Augen und es gab diesen winzigen Impuls, laut um Hilfe zu schreien. Doch sie hatte sich schnell die Hand auf den Mund gelegt. Ihre einzige Chance wäre ein Soldat, der nachdachte, bevor er abdrückte. Der nicht vor dem nächsten Abend eintreffen würde. Die Regierungstruppen waren feige, kamen erst, wenn die Kämpfe vorüber waren. Sie würde lange aushalten müssen.

Sie hatte gegen die Ohnmacht gekämpft, bis keine der vertrauten Stimmen mehr zu hören war. Dann hatte sie sich Millimeter für Millimeter aus ihrem Versteck hervorgewagt, sich auf den Weg gerollt, ihren sperrigen Körper an einem Baumstumpf hochgezogen, sich aufgesetzt und angelehnt. So gut sie konnte, hatte sie ein Loch in ihren Ausweis geschnitten und ihn an der Kette befestigt, die sie seit ihrem achtzehnten Geburtstag um den Hals trug. Die Mutter Gottes, die einmal daran gebaumelt hatte, lag vielleicht noch immer in dem kleinen Kästchen, das sie Carla zum Abschied am Bett hatte stehen lassen.

Madre ...

Das Messer musste sie in der Hand behalten. Wegen der Tiere, die sicher bereits die Fährte des vielen Blutes aufgenommen hatten. Wegen der Paras, die jeden Augenblick zurückkommen und der Überlebenden, die sich an ihr rächen konnten. Um die Illusion aufrechtzuerhalten, ihrem Schicksal nicht vollkommen ausgeliefert zu sein.

Sie konnte sich nicht erinnern, wie lange sie dort gesessen hatte, in einem Zustand zwischen Wachen und Schlafen. Wann die Truppen gekommen waren, wer sie gefunden und zu einem Jeep getragen hatte.

Sie hatte auch nicht gehört, wie der Befehlshaber seinem Vorgesetzten per Funk meldete: „Chef, ich glaube, wir haben einen richtig großen Fang gemacht ...“

Wenn du nicht da bist, denke ich dich. Wie du mit verschwitztem Gesicht vor der Tür stehst, fast eine Stunde zu spät.

„Entschuldigung", sagst du.

„Kein Problem", lüge ich.

Dabei muss der Minutenzeiger denken, ich traute ihm keine Sekunde über den Rundweg, so oft starre ich ihn an. Als wollte ich die Zukunft aus ihm lesen, wo doch die Königinnenfrage im Spiegel gestellt wird. Die Antwort steht mir ins Gesicht geschrieben, in drei Wochen werde ich vierzig. Ich bin kurz vor dem Zenit, kinderlos und darauf angewiesen, dass mich meine Fantasie auch die nächsten zwanzig Jahre nicht verlässt. Dann werde ich genug in meine Lebensversicherung, meine Rentenversicherung und meinen Sparfonds eingezahlt haben, um mir nichts mehr ausdenken zu müssen. Außer heiße Luft zu bewegen, habe ich nichts gelernt. Die meisten meiner Freundinnen haben inzwischen Familien gegründet. Oder sie schreiben ein halbes Leben an ihrer Doktorarbeit, werden einfach nicht müde, Stipendien für Nachwuchswissenschaftlerinnen zu beantragen oder machen sich aus purer

Verzweiflung mit Ich-AGs selbstständig. Die, kurz nachdem die Anschubförderung der Agentur für Arbeit ausbleibt, pleitegehen. Ich habe Glück. Mein Job ist krisensicher. Solange Menschen daran glauben, dass das Äußere etwas über die inneren Werte aussagt, werde ich nicht verhungern. Ich mache Versprechungen und muss sie nicht halten. Ich texte die Welt zu: in Briefen, auf Zetteln, Plakaten, Videos oder vor laufender Kamera. Ich sorge für Übertreibungen, Beschönigungen und Schwindel. Ich sage, was man hören will und lege denen, die dazu nicht in der Lage sind, die geeigneten Worte in den Mund. Das ist vielen Leuten eine Menge Geld wert. Deshalb kann ich es mir leisten, eine wie dich dafür zu bezahlen, mir die Wohnung zu putzen.

„Ist das ein Problem für dich?"

Ich weiß nicht, ob es ein Problem ist. Manchmal träume ich davon, etwas Handwerkliches zu tun, aber ich bin ungeschickt. Das einzige Material, mit dem ich umgehen kann, sind Buchstaben. Ich füge sie zusammen, bis sie einen Sinn ergeben, ich feile an Wörtern: Ich bearbeite, poliere und veredle sie, ich mache aus ihnen verführerische Worte. Am Ende verschwinden sie aus meinem Kopf, verewigen sich auf Papier und ich verliere sie für immer. Wenn ich ihnen wieder begegne, sind sie tot, hohl und gehören mir nicht mehr. Summen in den Köpfen Fremder herum, während sie sich die Haare waschen, Autoradio hören, im Supermarkt an der Kasse stehen oder vor dem Fernsehen sitzen. Wenn ich könnte, würde ich lieber von Sein statt Schein leben. Etwas werden.

„Werden?"

„Ja, einen richtigen Beruf haben."

„Hast du keinen richtigen Beruf?"

„Nein, ich habe einen Job."

„Ich auch.“
„Und? Träumst du nicht von etwas anderem?“
„Manchmal.“
„Siehst du, ich auch.“
„Und was träumst du?“
Diesmal gebe ich keine Antwort. Denn ich träume ununterbrochen von dir. Zum Beispiel davon, mit dir zu tanzen. In einem dieser engen altmodischen Cafés, in denen die Musik bis zum Hals schlägt.
Darf ich bitten?
Du würdest dich langsam erheben und unsere Füße gingen die Schritte von selbst, wir wüssten blind den Weg: vor und zurück, hin und her, es wäre, als lernten wir laufen.

Kaum war sie bei Bewusstsein, saß ein Anwalt ihres Vaters an ihrem Bett. Er war nicht viel älter als sie und das, was ihre Eltern als guten Schwiegersohn betrachtet hätten. Ihr Plan war aufgegangen.

„Morgen wird der Staatsanwalt kommen. Er wird Sie vernehmen. Ich werde dabei sein und auf alle Fragen antworten. Sie sind zu schwach, Sie werden nur zustimmend nicken. Sie wurden verschleppt, in die Berge gebracht und wurden dort festgehalten. Man hat Sie gezwungen, eine Uniform zu tragen. Man hat Ihnen mit dem Tod gedroht. Den Rest haben Sie vergessen. Sie kennen keine Namen und Sie haben keinerlei Informationen. Sie haben einen Schlag auf den Kopf bekommen und können sich an nichts mehr erinnern." Er sah sie fragend an: „Klar?"

„Und das soll mir jemand glauben?"

„Es geht nicht darum, ob uns das jemand glaubt, es geht darum, was im Protokoll steht, damit Sie auf freien Fuß kommen. Sie können das im Übrigen bereits in den medizinischen Unterlagen nachlesen. Außerdem ist es doch die Wahrheit, oder etwa nicht?"

Sie biss sich auf die Lippen. Arschloch.

„Sie werden in drei Wochen in die USA fliegen. Dort bleiben Sie ein paar Monate bei der Schwester Ihres Vaters. Sie lebt in New York."

„Weiß meine Mutter, wo ich bin?"

„Nein, und sie wird es auch vorerst nicht erfahren."

Offiziell war sie entführt worden, offiziell war sie fast zwei Jahre in den Händen der Guerilla, offiziell gab es nun endlich eine Lösegeldzahlung, die inoffiziell zu Schweigegeld mutierte. Sie war sicher gewesen, ihr Vater würde es sich etwas kosten lassen, die Wahrheit zu vertuschen. Es wäre vielleicht nicht das Ende seiner Karriere, aber sicher das seines guten Rufs. Ein schwarzer Fleck auf der weißen Weste. Deshalb war sie noch nicht davon überzeugt, dass er Wort halten würde.

„Wer sagt mir, dass mir nicht irgendjemand auf dem Weg zum Flughafen eine Kugel in den Kopf jagt?"

Sie traute ihm alles zu.

„Ich."

„Und weswegen sollte ich Ihnen glauben?"

„Weil Sie keine andere Wahl haben."

Als die Tür hinter ihm ins Schloss fiel, blieb sie wütend zurück. Am liebsten hätte sie diesem glatten Milchgesicht seine arrogante Fresse poliert. Gegen genau solche Typen hatte sie gekämpft: Söhne einer korrupten Gesellschaft, die Jura und Wirtschaft studierten, um später ihren Vätern oder ihren Freunden die schmutzigen Geschäfte zu legitimieren. Aber war die andere Seite so viel besser?

Manuel war doppelt so alt wie sie, zitierte nächtelang das Kapital und redete ununterbrochen von der Befreiung der geknechteten Arbeiterklasse.

Sein Bart hatte Spuren an ihrem Hals hinterlassen, der Schmerz, als er zum ersten Mal in sie eingedrungen war, war so groß, dass sie aufgeschrien und er ihr die Hand auf den Mund gepresst hatte. Sie hatte es nicht fassen können. Nicht die Enttäuschung, auch nicht die eigenartige Kälte, die sie bis in die Knochen spürte. Doch was sie am wenigsten begreifen konnte, war das völlige Fehlen von Lust. Sie hatte nichts gefühlt. Es war ihr nicht einmal unangenehm, dass er auf ihr gekommen war, dass er wild wurde über ihr, verrückt nach ihrem unberührten Körper. Sie betrachtete ihn dabei und fragte sich, ob sie innerlich vollständig leer war. Geplündert, unempfänglich, tot.

Sie hatte sich schon damals nach etwas anderem gesehnt. Nach etwas, das sie in aller Stille berühren wollte, auf der Haut spüren und im Morgengrauen riechen. Als sie am wenigsten darauf vorbereitet war, hatte es plötzlich vor ihr gelegen. Sie musste sich nur danach bücken und es in die Hand nehmen: Schwarz, glatt und wärmer als erwartet hatte sich das Gewehr an ihren Körper geschmiegt, als wäre es nur für sie gemacht. Sie drückte ihr heißes Gesicht an den schmalen Lauf und in ihr kam ein feiner Ton zum Klingen. Nichts hatte sie damals gewusst vom Sterben. Nur deshalb konnte sie bei dem Gedanken, auf etwas zu schießen, das heiße Gefühl zwischen den Beinen zulassen. Später lernte sie, zielsicher anzulegen. Sie hatte eine ruhige Hand und sie zögerte nie. Sie schoss im richtigen Moment. Am liebsten auf Tontauben. Und auf die Pappfiguren ohne Gesichter, denen sie ohne mit der Wimper zu zucken die Oberkörper zerfetzt hatte.

All das durfte sie nicht sagen. All das sollte sie vergessen. Auch den Schock, als die ersten Kämpfer vor ihren Augen fielen. Die Tränen, als sie begriff, dass sie ein Leben ausgelöscht hatte. Die Ohnmacht, als Manuel einen aus ihren Reihen wegen Verrats vor aller Augen hinrichten ließ. Das Fieber, das sie danach wochenlang niederstreckte. Paula, die sie gesund pflegte, Paula, die sie umarmte, Paula, die sie fortschickte.

Vergessen. Sie musste ihr Leben vergessen und damit die Liebe.

Die S-Bahn verschwindet in einer Linkskurve aus meinem Blick und ich stehe auf dem Bahngleis, als hätte ich den Anschluss verpasst. Es gibt nichts zu tun. Ich habe keine Eile. Ich kann nur warten, bis dich ein anderer Zug hierher zurückbringt und darauf hoffen, dass du wieder zu mir findest. Hoffen ist besser als warten. Lässt die Möglichkeit des fatalen Irrtums offen.

„Wohin fährst du?"

„Weg", antwortest du.

Du willst mich einfach nichts wissen lassen. Nicht, woher du kommst, nicht, seit wann du hier bist und nicht, wie lange du bleibst. Mit deinem kleinen, bunten Rucksack siehst du aus wie ein zu großes Kind am Wandertag. Doch du machst kein Ausflugsgesicht. Du lachst nicht vor Freude, unterwegs zu sein. Du schaust angestrengt, blickst dich oft um. Wonach? Bevor du einsteigst, wirfst du mir einen kurzen Blick zu, als wolltest du sagen: Ich will nicht fort. Aber das kann ich mir auch einbilden. Leide unter romantischen Gefühlsduseleien. Verwechsle Freundlichkeit mit Freundschaft. Freundschaft mit Liebe. Liebe flattert. Ich flattere. Mein Puls, mein Herzschlag, meine Hände. Du flatterst nicht. Du schwebst.

Statt eine Bahn in die entgegengesetzte Richtung zu nehmen, gehe ich zu Fuß nach Hause. Laufe am Zoo vorbei, an dem Stück Böschung, wo die Büsche von den Junkies niedergetrampelt sind, die sich dort schnell einen Schuss setzen, und von Touristen, die auf die achtlos fallen gelassenen Spritzen treten, sich für ein kostenloses Stück Kamel am Zaun den Hals verrenken.

Zu Hause wartet ein Anrufbeantworter auf mich, den ich nicht abhöre, weil ich weiß, dass du nicht angerufen hast.

„Ich telefoniere nicht gern. Ich rede lieber direkt mit den Leuten."

Das klingt wie aus einem Buch über Buddhismus. Dort stünde auch, dass es in jeder Lebenslage allein auf die Haltung ankommt, besonders am Abgrund. Darüber habe ich viel gelesen, ich bin ein Schieflagencharakter. Dabei wäre ich für mein Leben gern eine Schweinslederne gewesen.

„Eine was?"

Schweinslederne. So habe ich die ordentlichen Mädchen in meiner Klasse genannt. Töchter des Dorfarztes, des Bildhauers und des Pfarrers. Sie haben die Namen für ihre Kinder aus Büchern und Urlaubsreisen mitgebracht und haben ihnen zur Einschulung Ranzen und Mäppchen aus hellem Leder geschenkt. Die von den Julias, Constanzes und Saskias, selbst noch – wenn auch ein wenig ramponiert – in der Uni benutzt wurden, wo sie Medizin oder Jura studierten. Sie hatten niemals schmutzige Fingernägel, keine Schuppen und ihre dunkelblauen Wollpullover waren ebenso wenig fusselig wie ihre hellbraunen Wildlederschuhe fleckig. Sie sind einfach durch und durch sauber gewesen. Ich nicht. Ich hieß Katti, meine Schultaschen haben so schnell gewechselt wie meine Freunde und ich war in jeder Hinsicht unrein. Ich hatte fettige Haare und eitrige Pickel, bis ich zwanzig war. Die Aknenarben sind nahtlos in die ersten Falten übergegangen, bis ich mir endlich eine gute Kosmetikerin leisten konnte. Meine Zellulitis bekämpfe ich immer mit einem Personaltrainer an Kraftmaschinen im Fitnessstudio, damit ich nicht auf die gleiche Weise verfalle, wie ich meine Jugend vergeudet habe: übertrieben schnell.

Deshalb tue ich mir Gutes: Ich kaufe handgefertigte Imitate aus einer besseren Zeit, in der die Dinge angeblich schöner gewesen sein sollen, trage im Winter schottisches Feinripp auf dem Leib und schwedische Filzpantoffeln an den Füßen. Selbst italienische Zellstoffscheuertücher gehören zu meinem Repertoire, obwohl Pflegebedürftiges in meiner Nähe eigentlich zum Tode verurteilt ist. Vernachlässigen ist eine meiner Königsdisziplinen. Deshalb bezahle ich dich. Du sorgst in meinem Leben für Ordnung. Jedenfalls war das die Idee. Du könntest mehr bei mir verdienen, ich könnte dich fest anstellen. Aber du willst nicht. Du willst nur Bares, schwarz auf die Hand.

„Die Stunde sieben Euro", sagst du und wartest meine Zustimmung nicht ab.

Es ist viel zu wenig, es ist Ausbeutung, doch du weigerst dich, mehr zu nehmen, obwohl ich dir problemlos das Doppelte bezahlen könnte. Und auch gerne würde. Doch wenn ich dir nur Scheine liegen lasse, legst du immer Münzen neben den Zettel, auf den ich schreibe: Stimmt so. Oder: Está bien. Du machst keine Kompromisse, willst nichts geschenkt. Immerhin akzeptierst du inzwischen nach der Arbeit manchmal einen Kaffee. Aber du bleibst nie lange. Als ob du meine aufgeräumte Wohnung nicht wieder schmutzig machen wolltest. Ich dagegen mache

Dreck, wo ich kann. Lasse alles stehen und liegen. Verlottere. Damit du zweimal die Woche etwas zu tun hast. Dienstag und Freitag.

Die Sonne kämpft sich tapfer durch schwere blaue Regenwolken. Ich mache einen Umweg durch den Tiergarten, trinke ein Bier an der Schleuse und hoffe auf Müdigkeit. Kippe einen Grappa hinterher und ergebe mich der Bedrückung eines nicht enden wollenden Nachmittags. Eine Nacht und ein Tag und noch eine Nacht und noch ein Tag und noch eine Nacht. Dann stehst du endlich wieder vor meiner Tür.

Der Anwalt begleitete sie zum Flughafen und überreichte ihr im kugelsicheren Wagen mit getönten Scheiben einen neuen Pass und einen Umschlag mit Geld. Zwei der Zivilbeamten, die ihre Augen hinter billigen Nachbildungen amerikanischer Sonnenbrillen verbargen, brachten sie auf die andere Seite der Sicherheitskontrollen, sie fühlte sich wie in einem schlechten Agentenfilm. Man ließ sie nicht aus den Augen, bis sie an ihrem Platz saß. Als ob sie in ihr eigenes Land flüchten könnte.

Es war ein klarer Morgen, die Sicht ausgezeichnet und sie konnte nicht lange der Versuchung widerstehen, aus dem Fenster zu schauen. Irgendwo dort unten in diesem immensen, undurchdringlichen Grün, aus dem an einigen Stellen weißer Nebel aufstieg, kochte Paula vielleicht gerade Kaffee.

Paula.

Wie sie ihre Stirn in Falten legte, wenn sie nachdachte.

Wie sie lachte, wenn sie beim Schachspielen gewann.

Wie sie heimlich ihre Hand nahm, mit den Füßen unter dem Tisch ihre Beine suchte.

Wie viel sie riskierte, wenn sie sich liebten.

Wie sie alles vergaßen, wenn der Marschbefehl kam.

Wann hatte das alles angefangen? Als sie die Jeans gegen die Uniform tauschen mussten? Als vor ihr eine durchgeladene Waffe lag? Als sie in das verwüstete Dorf kamen, als Manuel den Sohn des Bauern, den die Paras nach der Hinrichtung zur Abschreckung geköpft hatten, zu sich rief und sagte:

„Wir rächen ihn. Komm mit uns."

Als Pablo stumm und mit fiebrigen Augen seine Jacke aus dem Haus geholt, sich aus der Umklammerung seiner schreienden Mutter gerissen und innerhalb von Sekunden seine Jugend verloren hatte?

Wie sie war auch der Junge allmählich zum Tier geworden, das Gefahren wittern lernte und jedes Gefühl für Menschlichkeit verlor. Wirklich jedes? Und die gestohlenen Stunden mit Paula am Fluss? Waren das keine menschlichen Gefühle?

Die Flugbegleiterin brachte ein Sandwich. Sie entfernte die Plastikfolie vom Teller und schüttete einen Schluck Bier in den Becher. Im Grunde, dachte sie, ging es doch immer nur darum, die eigene Existenz zu sichern. Schwachsinniges Geschwätz vom Sozialismus. Am Abend ohne Hunger einschlafen zu können und in der Nacht nicht mit knurrendem Magen aufzuwachen, das war das Wesentliche im Krieg. Und sie befanden sich im Krieg. Manchmal fragte sie sich, wer das außer ihnen eigentlich wusste. Wie viele tausend Unglückselige fernab der zivilisierten Städte versuchten, Leib und Seele aus der Schusslinie zu nehmen? Und wie viele warfen sich aus Verzweiflung hinein? Ein Riesenrad der Gewalt, das sich unaufhörlich drehte, in die Erde derjenigen fräste, die das Pech hatten, am falschen Ort zur falschen Zeit geboren zu werden. Wie viele von ihnen vertrieb man tagtäglich, weil das Stück Land, das sie beackerten, mehr wert war als das Leben ihrer Kinder? Die heimatlos herumirrten, auf einem Kontinent, der doch aus seiner Geschichte gelernt haben sollte. Heimatlose wie sie, nur ärmer. Vom Wissen Ausgeschlossene, Kleingehaltene, die sich nicht wehrten, weil sie nicht wussten, wogegen. Auf deren Seite sich keiner stellte, weil sie die Verlierer waren.

Gab es am Ende doch keinen anderen Weg als den bewaffneten Kampf? Beging sie gerade einen Fehler? Gab sie nur einem Impuls der Erschöpfung nach? Hätte sie bleiben sollen? Noch mehr Opfer bringen? Entführungen in Kauf nehmen, weil die moderne Kriegführung es so wollte? Aber was war mit den Strukturen? Warum die Hierarchie? Befehle, Gehorsam, Strafe. Das war es, was sie nicht mehr aushielt: den innerlichen Freiheitsentzug. Zu tun, was andere von ihr verlangten. Sie wollte keine Ketten mehr. Endlich frei sein. War sie frei? Hatte sie es geschafft? Würde sie am Leben bleiben? Oder würden sie ihr den Verrat nicht verzeihen? Wusste sie zu viel? Wie hatte sie es überhaupt überlebt, bis hierher?

Paula.

„Du musst fort."

„Ohne dich gehe ich nirgends hin."

„Mit mir gehst du keinen Schritt weiter."

Sie hatten sich zwischen Schlangen und Spinnen versteckt und es war ihnen egal. Ein Tag im Dickicht ohne Zeit und Raum, feuchter Schweiß auf der Haut, ein paar Maisfladen, eine Flasche Schnaps. Ein Tag gegen jede Vernunft, Ferien vom Alltag, der auf Leidenschaft keine Rücksicht nahm, in dem sie auf der Hut sein mussten vor den Launen Manuels und den misstrauischen Blicken der anderen, wenn sie miteinander lachten. Vertraulichkeiten waren nicht gern gesehen, Intimitäten gefährdeten pragmatisches Handeln. Sex war eine willkommene Abwechslung, solange der Kampf darunter nicht litt. Solange Frauen Männer liebten. Solange Männer Frauen haben konnten. Solange Frauen keine Kinder bekamen. Frauen? Mädchen. Sie und Paula gehörten schon zu den Alten. Frischfleisch waren andere: Minderjährige, gefügige Pubertierende. Stolz und verängstigt, dumm und naiv. Als die ersten von Regierungstruppen gefangen genommen wurden und aussagten, war sie für die Gegendarstellung im Internet verantwortlich:

„Frauen werden in der Guerilla gut und den männlichen Kameraden gleich behandelt. Gerüchte über sexuellen Missbrauch und Vergewaltigungen sind Versuche der feindlichen herrschenden Klasse, die politischen Ziele der bewaffneten Kämpferinnen und Kämpfer zu diskreditieren."

Am Anfang hatte sie selbst noch daran geglaubt. Es dauerte eine Weile, bis sie begriffen hatte, dass alles nur ein fauler Zauber war, in dem große Jungs Cowboy und Indianer mit scharfer Munition spielten. Ein Live-Video-Game auf gigantischer Großleinwand, in dem die Toten nicht wieder aufstanden. Eine Gesellschaft, die so tat, als gäbe es keine Unterschiede. Aber es gab Unterschiede. Es war wie überall auf der Welt: Frauen machten die doppelte Arbeit, bekamen die Hälfte des Lohns und weniger zu essen. Und wichen aus Pflichtgefühl und Verantwortungsbewusstsein nie vom vorgeschriebenen Weg ab, selbst wenn er in die Hölle führte. Und wieder zurück.

„Du warst schwanger? Wann? Ich dachte ..."

„... dass sie es nicht erlauben? Tun sie auch nicht. Aber was sollte Manuel denn tun? Es war ja sein eigenes Kind. Also habe ich es bekommen. Vor fünf Jahren. Gäbe es in diesem gottverdammten Winkel der Erde Gerechtigkeit, dann ginge meine Tochter bald zur Schule."

„Du hast es zur Welt gebracht? Hier? Allein?"

„Ja, hier. Genauer gesagt: Da drüben. Ich hatte mir Decken mitgebracht. Und eine Flasche Schnaps. Wer hätte mir denn helfen sollen? Außerdem bekommen arme Frauen auf der ganzen Welt jeden Tag alleine Kinder. Den Luxus, einen Psychokult daraus zu machen, können sich nur die Reichen leisten."

„Was ist aus dem Baby geworden?"

„Du kennst die Regeln. Entweder ein Neugeborenes kommt zu deiner Familie oder du gibst es weg. Mein Vater hätte es eigenhändig erschlagen. Also hab ich es zu den Frauen im Dorf gebracht."

Paula hatte ihr die Geschichte mit dem Kind erzählt, nachdem sie ihr eines Tages unbemerkt gefolgt war. Doch sie hatte sich von ihr in die Irre führen lassen, hatte sie aus den Augen verloren und plötzlich ihre Pistole an der Schläfe gespürt:

„Warum folgst du mir?"

„Ich will wissen, wohin du gehst." Sie hatte sich langsam mit erhobenen Händen umgedreht.

„Warum?"

„Ich weiß nicht."

Paula hatte die Waffe gesenkt, die Arme hängen lassen und sie lange angesehen.

„Du lügst."

„Ja."

Dann hatten sie sich geküsst. Die Zeit war einfach stehen geblieben, ihre Zungen hatten sich wie Verdurstende geleckt, und Paula hatte sie zu dem Versteck gebracht. Es roch nach feuchter Erde und Orchideen, obwohl weit und breit keine Orchideen wuchsen, und Paula schmeckte nach Bananen und frischer Kuhmilch. Nie würde sie diesen Geschmack vergessen.

„Alles in Ordnung?“, hatte Paula leise gefragt.

„Ich will raus.“ Die Worte waren ihr einfach über die Lippen gekommen und sie war selbst darüber erschrocken.

„Ich weiß“, hatte Paula gesagt und sie festgehalten, „du musst fort von hier.“

„Ohne dich gehe ich nirgends hin.“

„Mit mir gehst du keinen Schritt weiter.“

Nun ging sie ihn allein.

Sie bestellte sich noch ein Bier und blätterte in einer Illustrierten. Die Frauen, die dort abgebildet waren, lächelten verzückt halbnackt in die Kamera. Sie trugen Schuhe mit hohen Absätzen, hatten lange Wimpern und ihre Lippen waren rot geschminkt. Sie waren dafür zurechtgemacht, Männern in Anzug, Hemd und Krawatte zu gefallen, sexy zu sein und zu tun, was man ihnen sagte. Würde man sie in den Dschungel stecken, in eines der Lager, hätten sie es leicht, sich anzupassen. Sie müssten nur etwas anderes anziehen. Das Prinzip Tarzan und Jane war universal, es funktionierte überall.

Meine Mutter war vierzig, als ich Abitur machte. Bis ich dreizehn war, habe ich Mutti zu ihr gesagt. Dann kamen die amerikanischen Serien im Fernsehen, in denen die reichen Frauen immer betrunken waren und die Väter ihre Kinder von ihnen fernzuhalten versuchten.

„Wo ist Mum?“, haben die Kinder gefragt.

Und Daddy hat gesagt: „Mum braucht Ruhe. Ihr geht es gar nicht gut, Sweetheart.“

Mein Vater war auf Montage und die alte Frau, die meine junge Mutter war, brauchte vor allem Schnaps und Zigaretten. Vielleicht habe ich deshalb solche Angst vor dem Älterwerden, weil ich fürchte, ich könnte eines Morgens so aussehen wie sie, wenn sie vom Schlafzimmer ins Badezimmer zum Kotzen unterwegs war. Mit zotteligen Haaren und verlaufener Wimperntusche torkelte sie an mir vorbei. Ein von sich selbst aufgegebenes Ich, das in einem verwaschenen lilafarbenen Bademantel durch den Flur schlurfte und mich, die ich regungslos an der Wand lehnte, so lange mit dem Garderobenständer verwechselte, bis ich hinaus auf die Straße oder in mein Zimmer gehen wollte. Dann hielt meine Mutter inne, strich sich mit ihren Fingern, an deren abgebrochenen Nägeln ihre Locken hängen blieben, die Haare zurück, stellte innerlich ihre Linsen scharf und sah mich mit großen Augen an, wie Sofia Loren, wenn sie aus dem beigefarbenen Sportcoupé steigt, die Fahrertür achtlos offen stehen lässt und ihren Geliebten wortlos anbettelt: Bleib bei mir, Darling.

„Bleib bei mir", sagte Mum, wenn ich in Gedanken schon auf und davon war.

Bleib bei mir, will ich sagen, wenn du deine Jacke zuknöpfst und eine Welt betrittst, von der ich nichts weiß.

Wohin gehst du?, will ich fragen, wenn ich dich die Treppe hinuntergehen höre.

Wann kommst du wieder?, will ich wissen, wenn ich dir vom Fenster aus nachsehe, wie du in der Dunkelheit verschwindest.

Ich bin traurig. Nicht wegen diesem oder jenem. Ich brauche keinen Grund für Traurigkeit. Sie fällt auf mich wie weicher Schnee und bleibt liegen, wenn es um mich herum kühl genug ist. Sie schmilzt, wenn du bei mir bist, sie umgibt mich eisig, wenn du mich verlässt. Meine Traurigkeit ist die eines Geckos, der sich unaufhörlich schält und niemals dünner wird. Es wäre ein Glück, die Wände hinauflaufen zu können. Zu verschwinden in den Ritzen zweier Treppenstufen aus Stein. In der Stille eines heißen Augustnachmittags. Unsichtbar ist wunderbar. Ich wünsche mir einen Menschen, der mich blind wahrnimmt. Einen, der meine Augenfarbe über Nacht vergisst, vielleicht niemals bemerkt, dass er sie kennt. Ich denke diesen Menschen manchmal in meine Küche.

Er sagt nicht: „Ich liebe dich."

Er sagt: „Guten Morgen. Hast du gut geschlafen?"

Doch er stellt diese Frage nicht, weil er auf meine Träume hofft. Er fragt mich, ob ich gut geschlafen habe, weil er mir von ganzem Herzen wünscht, gut geschlafen zu haben. Er ist nicht neben mir aufgewacht, wir sind uns zum Frühstück in der Küche begegnet, jeder noch trunken vom Ausflug in den kleinen Tod. Der Mensch, den ich meine, fährt sich meinetwegen mit den Händen durch die Haare, denn er weiß, dass ich es nicht mag, derangierten Frisuren gegenüberzusitzen. So bin ich. Und der Mensch neben mir ist nicht so. Er ist ganz anders als ich und doch bemerken wir an den Unterschieden, wie ähnlich wir uns sind. Wenn einer von uns den Raum verlässt, freut der andere sich an der Leere des Zimmers. Badet in hemmungsloser Freizügigkeit. Der Mensch neben mir kommt immer wieder neben mich, obwohl es keinen Grund dafür gibt. Er klingelt vor dem Türöffnen, ruft beim Eintreten meinen Namen wie ein Vogel. Dieser Mensch kann wahrscheinlich fliegen. Schon deshalb, um mich niemals in Versuchung zu bringen, ihn festzuhalten. Ich kann mich ohne Scham unter seinen Augen ausziehen, aber ich muss es nicht tun. Ich kann mir ohne Ekel seinen Schlafanzug leihen, doch ich besitze genug eigene Pyjamas mit und ohne Streifen.

„Der Mensch", sagst du lächelnd, „bist du selbst."

Nein, denke ich, dieser Mensch bist du.

Dieses Land erklärten sie zu feindlichem Territorium, wenn sie davon sprachen, ihr eigenes zu befreien. Mit der Zeit vergaß sie, wovon: Von den wirtschaftlichen Knebelverträgen, die eine bestechliche Regierung unterschrieb? Von den paramilitärischen Einheiten, die vom Staat selbst herangezogen worden waren? Von den Kokainbossen, mit denen sie selbst am Ende Geschäfte machten, um Waffen zu bezahlen, die genau aus der Richtung kamen, in die später ihre Gewehrläufe zeigen sollten? Am Ende war sie ausgestiegen, weil sie spürte, dass sie ihr Land nur von einer einzigen Sache befreien musste: von einer orientierungslosen, verrohten Achtundzwanzigjährigen, die nicht mehr sicher war, ob sie die Heimat noch hatte, für die sie kämpfte.

Wenn man in den Bergen lebte, war der Rest der Welt weit weg. Man schlug sich durch eine gottverlassene Landschaft, die dazu gemacht war, Menschen in die Knie zu zwingen. Man traf auf Leute, deren Leben sich zwischen Armut und Angst abspielte, die für eine Handvoll Geld an jede Revolution glaubten. Die nicht wussten, wo Amerika lag, weil sie dachten, dass sie in Amerika lebten. Es fiel ihnen schwer zu glauben, dass die Welt wirklich rund war und dass es am Ende des Horizonts nicht nur in ihrer Fantasie weiterging. Es waren Menschen mit freundlichen runden Gesichtern, hinter deren lächelnder Fassade alles Mögliche lauerte, die nicht besser und nicht schlechter waren als die, die hier durch die Sicherheitszone des JFK Airports in New York strömten.

Welcome in the United States of America.

Sie wollte nie in die USA und nun stand sie kurz davor. Die fremde Sprache quoll aus ihr heraus wie Gift.

„I'm going to visit my aunt."

Einen Augenblick lang zog sich ihr Herz zusammen, der Beamte musterte ihren Pass länger als die Papiere anderer Reisender, doch dann winkte er sie durch und sie atmete auf. Bevor sie weiterging, um ihr Gepäck zu holen, die wenigen Habseligkeiten, die sich im Laufe der letzten vier Wochen angesammelt hatten, setzte sie sich auf einen der orangefarbenen Plastikstühle. Sie hatte ihre Tante eine Ewigkeit nicht mehr gesehen.

Das letzte Mal war sie gerade in die neunte Klasse versetzt worden. Die Familie hatte im Wohnzimmer an einem feierlich gedeckten Tisch gegessen, um Tante Lidia zu verabschieden. Sie erinnerte sich an eine große Frau, die ihr steinalt vorgekommen war. Dabei war sie damals höchstens Ende dreißig gewesen. Lidia heiratete zu einem Zeitpunkt, als man schon nicht mehr damit gerechnet hatte, dass sie die Familie ihres Bruders jemals verlassen würde. Doch dann war eines Tages ein großer Wagen vorgefahren, ein gut aussehender Ausländer ausgestiegen und hatte Tante Lidia die Autotür aufgehalten. Sie war eingestiegen und mit dem Fremden davongefahren. Drei Wochen später hatten die beiden geheiratet und Lidia war ihrem frischgebackenen Ehemann mit nicht mehr als zwei Koffern in die

USA gefolgt. Niemand wusste, wo er hergekommen war und Tante Lidia hatte sich ausgeschwiegen. Er war reich, hatte gute Manieren und standesgemäß bei ihrem Bruder um ihre Hand angehalten, der mehr als erfreut war, seine Schwester zukünftig weit fort zu wissen.

Wie sah sie wohl inzwischen aus? Wie würde sie ihre Nichte empfangen? Und wie sollte sie so tun, als hätte sie in einem Vakuum gelebt, wie sollte sie dort weitermachen, wo sie Jahre zuvor aufgehört hatte?

Toni ging zum Gepäckband, wartete auf den kleinen Koffer, den ihr die Frau des Anwalts besorgt hatte.

„Frauensachen", hatte er gesagt und ihn mit spitzen Fingern im Krankenzimmer abgestellt, als wäre ihm sein Inhalt nicht geheuer. Später hatte sie neben einer Jeans, zwei Pullis, ein paar T-Shirts, Unterwäsche, einem BH, Tampons und einer Reihe von Kosmetikartikeln, um die sie gebeten hatte, ein Päckchen Kondome entdeckt. Frauensachen, hatte sie gedacht und nicht gewusst, ob sie lachen oder weinen sollte.

Sie betrat die Halle des Flughafens und war überrascht von dem Lärm. Überall begrüßten sich Menschen lautstark, umarmten und küssten sich, Kinder liefen auf Erwachsene zu, die sie mit offenen Armen auffingen und in der Luft herumwirbelten. Sie blieb stehen, schaute sich um, stellte die Reisetasche ab und überlegte, ob sie nicht lieber einfach ein Taxi nehmen und abtauchen sollte. Sie konnte sich in Sekundenschnelle unsichtbar machen, ein Großstadtdschungel dürfte sich vom tropischen Regenwald nicht maßgeblich unterscheiden. Aber wohin sollte sie gehen? Und weshalb?

„Antonia!"

Sie drehte sich um und vor ihr stand Tante Lidia. Gut aussehend, strahlend und mit ausgebreiteten Armen.

Komm, will ich sagen, halt mich. Sei mir, was du nicht bist und nimm dir, was ich dir nicht geben kann. Lass uns für einen verlogenen Augenblick des Glücks so tun, als wären wir Liebende.

„Kommst du an meinem Geburtstag?"

„Wann?"

„Nächste Woche Donnerstag."

„Feierst du ein Fest?"

„Nein. Ich will nur eine saubere Wohnung."

„Okay. Um wieviel Uhr?"

„Um drei?"

„Okay."

Ich will wissen, wann dein Geburtstag ist.

„Ist nicht wichtig."

Doch, Geburtstage sind wichtig. Sie sind eine Versicherung, auf die Welt gekommen zu sein. Manche davon sind lächerlich. Zum Überspringen. Andere muss man rauschend feiern. Achtundzwanzig, zum Beispiel, war großartig. Dreiunddreißig war unerheblich. Siebenunddreißig: überflüssig, neununddreißig war eine echte Drohung. Vierzig ist angesichts deiner vielleicht Ende zwanzig eine Katastrophe.

Jawohl, ich bin neidisch. Wie alle, die auf der zweiten Hälfte der Zeitleiste herumbalancieren und lieber knackig wären als reif. Auch ich wäre gern noch einmal so jung wie du. Einen Tag nur. Um dir braune lange Beine um den Bauch zu schlingen, die es nur noch auf Fotos gibt. Um mit dir zu lachen, wie man lacht, wenn man noch nichts weiß vom Vergehen. Um mit dem Kopf zu schütteln und zu sagen: Nein, da war ich noch nicht. Um zu nicken und zu sagen: Ja, das machen wir. Um in endlosen Nächten die Augen nicht schließen zu müssen, um am frühen Morgen den ersten Kaffee in der letzten offenen Bar zu trinken, übermüdet und glücklich, das Datum vergessen zu haben. Um zu träumen statt zu schlafen.

Und dann sagst du: „Freitag kann ich nicht."

Mir steht kein Warum zu, ich nicke nur und als du gehst, nehme auch ich meine Jacke von der Garderobe:

„Ich bringe dich ein Stück."

Wir laufen durch den Nieselregen und ich glaube, dich inzwischen gut genug zu kennen, dass du mich nicht fortschickst.

„Wohin gehen wir?", fragst du.

„Zu dir."

Du bleibst unvermittelt stehen und siehst mich an, als wäre ich von allen guten Geistern verlassen.

Ich bettle nie um Aufmerksamkeit, ich will nicht mehr, als man mir geben mag. Aber dich kann ich einfach nicht so gehen lassen. Meine Angst, du könntest nicht wiederkommen, ist größer als meine Prinzipien.

In deinem Kopf scheinen die Gedanken Nachlauf zu spielen und gerade, als einer den anderen fängt, gerade, als ich denke, du wirst dich auf der Stelle umdrehen und mich doch stehen lassen, nimmst du meine Hand und ziehst mich in die andere Richtung. Deine Finger umschließen meine fest, du hast dich entschieden, du nimmst mich mit. Ich gehe neben dir her wie ein Schulkind, beschämt, trotzig und stolz. Wir überqueren Straßen, laufen an Geschäften vorbei, durch den Park. Du bleibst nirgends stehen, wir gehen zügig und schweigend. Erst als die Anzahl der Lichter und Leuchtreklamen abnimmt, wir allmählich das belebte Stadtviertel verlassen und am Fluss entlanggehen, verlangsamst du das Tempo. Doch meine Hand lässt du erst los, als wir in der Nähe einer alten Fabrik ankommen, in eine enge Sackgasse einbiegen und vor einer Toreinfahrt stehen bleiben. Es ist ein heruntergekommener Altbau, die Klingelanlage ist herausgerissen, die Briefkästen verbeult oder aufgebrochen, wer auch immer hier wohnt, empfängt Besucher nur nach Absprache. Du zögerst kurz, musterst mich, als wolltest du noch einmal sichergehen, dass ich es bin. Wir laufen durch den ersten, dann durch den zweiten Hinterhof und schließlich führst du mich durch ein dunkles Treppenhaus in den vierten Stock.

Du öffnest die Tür mit einem Schlüssel, den du an einem Lederband um den Hals trägst und unter dem Hemd hervorziehst. Als wir im Wohnungsflur stehen, schließt du ab und lässt den Schlüssel stecken.

Die Wohnung ist winzig. Sie besteht aus einem Raum und einer kleinen Küche mit Einbaudusche. An den weißgekalkten Wänden hängen keine Bilder, von der Decke baumelt eine Glühbirne. Kein Stuhl, kein Tisch, kein Teppich. Du schläfst umgeben von Obstkisten, in denen du Bücher, Zeitschriften und Schreibutensilien aufbewahrst, auf einer dünnen Matratze. Sie liegt auf zwei Holzpaletten und ist fast ganz überzogen von einer großen bunten Decke aus Stoffresten.

„Hübsch“, sage ich und deute darauf.

„Noch nicht fertig.“

Nähst du Patchwork-Decken, wenn du nicht bei mir bist? Oder wer sitzt auf deiner Bettkante und puzzelt den Stoff zusammen, wenn du schläfst? Unter dem Fenster, auf einem kleinen Tisch, von dem der weiße Lack abblättert, steht eine Blechdose.

„Was ist da drin?“, frage ich und hebe die Dose hoch.

„Mein Land.“

Du streckst die Arme danach aus, als hättest du Angst, ich könnte es vor Schreck fallen lassen.

„Hast du manchmal Heimweh?“

„Nein“, antwortest du ein wenig zu schnell. Und nach einer kleinen Pause: „Aber manchmal will ich nach Hause.“

Lidia hatte sie zum Abendessen in ein kleines Restaurant eingeladen. Zu Tonis Erstaunen erschien sie ihr jünger als vor fünfzehn Jahren. Vielleicht, weil sie damals in einem grauen Kostüm und mit einem langweiligen Pferdeschwanz das elterliche Haus verlassen hatte und heute mit modernem Kurzhaarschnitt in Designerjeans und Strickjacke vor ihr saß. Eine New Yorkerin wie aus einem Woody-Allen-Film.

„Du siehst gut aus."

„Hattest du eine hässliche alte Schachtel erwartet?"

„So würde ich es nicht ausdrücken."

„New York hält jung, Antonia, das ist vielleicht das einzig Beruhigende an dieser Stadt."

„Ich bin nicht besonders beunruhigt, was diese Stadt betrifft."

„Das kann ich mir vorstellen. Da, wo du herkommst, dürfte es um einiges beunruhigender gewesen sein."

„Wie meinst du das?"

„Kommst du nicht geradewegs aus dem Dschungel?"

Sie antwortete nicht.

„Du musst nichts erzählen. Ich weiß es sowieso. Niemand in der Familie hat auch nur einen Augenblick an eine Entführung geglaubt. Auch wenn dein Vater alles dafür getan hat, es glauben zu machen. Man wartet nicht jahrelang tatenlos auf ein Zeichen der Entführer. Wir wussten, dass du dich ihnen freiwillig angeschlossen hattest. Und wir hofften, dass du irgendwann zurückkommen würdest."

„Außer Vater. Für ihn wäre es besser gewesen, wenn sie mich irgendwo in den Bergen erschossen und verscharrt hätten."

„Nein. Die Gefahr, dass es herausgekommen wäre, war viel zu groß. Er hat auf deine Klugheit gesetzt."

„Auf meine Klugheit?"

„Ja. Du bist seine Tochter. Er wusste, dass du eines Tages begreifen würdest, dass Gewalt kein Weg ist."

„Ausgerechnet er?"

„Ja. Er ist ein Feigling, aber kein Dummkopf."

„Er ist ein Arschloch. Gefühllos, machtgeil und ohne Skrupel."

„Das dachte ich auch. Aber wir haben ein paar Mal miteinander telefoniert, als du im Krankenhaus lagst. Er wusste nicht, mit wem er darüber sprechen sollte. Er hat keine Freunde. Er hat nur Verräter um sich, deren Loyalität er sich kauft. Aber Vertrauen kann man sich nicht kaufen. Er liebt dich."

„Schwachsinn. Er weiß gar nicht, was Liebe ist."

„Weißt du es denn?"

Sie wäre am liebsten aufgestanden und gegangen. Was ging das ihre Tante an?

„War es deine Idee, dass ich hierher komme?"

„Ja."

„Wieso?"

„Weil unser Land, das ich im Übrigen sehr liebe, unglücklich macht. Es lässt die Menschen nicht leben. Es ist ein Gefängnis für alle, die unter Freiheit etwas anderes verstehen als die Möglichkeit, eine Scheckkarte oder einen Revolver zu ziehen. Unsere Heimat ist totally fucked up, das lass dir von einer Patriotin sagen, die fast zwanzig Jahre in Disneyland wohnt. Was auch nicht viel besser ist, aber ungefährlicher."

„Lebst du nicht gerne hier?"

„Doch. Ich habe ausgesorgt und bin frei. Ich habe einen Mann geheiratet, den keine vernünftige Amerikanerin jemals geehelicht hätte. Er ist reich, zuvorkommend und vollkommen verrückt."

Toni schaute sie verständnislos an.

„Er war meine einzige Chance und das wusste er. Wir haben einen Deal gemacht, wie man hier sagt. Er brauchte eine Frau, die nichts von ihm wollte und ich einen Mann, der mich von meinem Bruder erlöste. Nur deshalb haben wir so schnell geheiratet. Im Grunde war es egal, welche Menschen wir waren und ob wir uns mögen würden. Das Schicksal hat es allerdings gut mit uns gemeint. Wir sind Freunde geworden."

„Weiß Vater das?"

„Es gibt Dinge, die dein Vater nicht wissen will. Ihn interessiert die Wahrheit nur, wenn sie ihm dient. Er kann eine emanzipierte Schwester ebenso wenig brauchen wie eine Tochter, die mit der Kalaschnikow in seinen Plänen herumfuchtelt. Aber er ist zivilisiert genug, um uns nicht in die Luft zu jagen. Oder sagen wir: Auch er hat Geheimnisse, die er nicht ausgeplaudert haben will."

Sie fragte nicht nach.

„Und deshalb denkt er lieber, ich bin ein konservatives Dummerchen, das dir gute Manieren beibringen wird. So ähnlich sind wir jedenfalls verblieben."

„Vielleicht täten mir ein paar gute Manieren gar nicht schlecht."

„Ich glaube, ehrlich gesagt, ein Glas Champagner täte dir besser!"

„Das glaube ich eher nicht."

„Ich weiß, ich weiß: Ich gehöre zur Unterdrückerklasse, bin ein Kapitalistenschwein und unterstütze das Establishment. Aber lass dir gesagt sein, der gute Marx war auch kein Kostverächter!" Lidia grinste und winkte dem Kellner.

Sie musste lachen, ob sie wollte oder nicht. Ihre Tante begann ihr zu gefallen.

Ich öffne auf dein Klingeln und vor dir steht eine alte Frau mit tiefen Augenringen, ihre Haare hängen strähnig an ihrem Kopf herunter. Verwahrlost, durchgedreht. Du kommst auf mich zu, ich weiche dir aus. Koche Tee. Biete dir ein Stück Kuchen an. Dann muss ich zurück. Ich mag es nicht, vor anderen auf dem Sofa zu liegen, aber es ist der einzige Ort, an dem ich sicher bin.

Ich würde es dir gerne erklären. Sagen, dass an manchen Tagen mein Körper ein Gefängnis, ein dunkler Kerker ohne Fenster ist. Solche Tage heißen nicht Montag oder Dienstag oder Geburtstag. Solche Tage heißen Migräne. Dann stelle ich das Telefon aus. Lege mich auf den Boden. Setze die Brille ab und verwahre sie an einem sicheren Ort. Wenn in meinem Kopf die ersten Geschosse einschlagen, rolle ich mich in einer verschwommenen Welt zusammen und warte auf den großen Angriff. Wehre mich nicht. Als wäre es eine fremde Schlacht, die in mir ausgetragen wird. Die einzige Antwort auf den scharfen Schmerz, der unter der Schädeldecke gellt wie ein lang anhaltender Schrei, ist die bedingungslose Kapitulation. Nur wenn ich mich nicht bewege, steht das Messer hinter den Augen für einen Moment still und rotiert nicht. Einen Fluchtweg gibt es nicht. Nur ein rudimentäres Frühwarnsystem, um mich rechtzeitig in Sicherheit zu bringen. Kein Wimmern in Bahnhofshallen, Restaurants oder Kinos. Schmerz ist Schwäche und Schwäche ist nicht öffentlich. Ich bleibe lieber allein, wenn ich auseinander breche. Die pochende Klinge im Kopf ist einsam, das Märchen vom geteilten Leid eine Lüge: Niemand wird mit mir auf dem Boden herumkriechen und warten, dass mitten in der Stille Ruhe einkehrt.

Zwischen den Schüben betrachte ich das Muster an der Decke. Ich sehe sie nicht, aber ich weiß, dass sie da sind: Kleine Ecken Putz hängen an dünnen Fäden herab, die von der Luft im Kreis herumgewirbelt werden und einfach nicht herunterfallen wollen. Eine winzige Berührung würde genügen, schon ein nachlässiges Streifen. Alles lässt sich kappen – Sehnsucht, Angst, du. Nur der Schmerz nicht. Er bleibt gigantisch, scharf, überwältigend. Glaubwürdiges Zeichen dafür, dass ich wirklich lebe.

Ich sage nichts dergleichen.

„Kopfweh", ist das Einzige, was ich herausbringe.

„Das tut mir leid."

Mir auch. Um den Kuchen, den Tag, den ich mir so anders vorgestellt hatte, um die Blumen, die ohne Wasser im Flur liegen geblieben sind, um das Päckchen, das in deinem Rucksack wartet, bis dir wieder einfällt, weswegen du eigentlich hier bist.

„Du musst nicht bleiben", sage ich leise.

Du nickst. Dann stehst du auf, gehst in die Küche und kommst nicht mehr wieder. Ich höre Geräusche von sich öffnenden Schranktüren und Wasser auf Plastik.

„Was machst du?", frage ich dich, als du an mir vorbeigehst.

„Überraschung."

Als du das Fenster in der Küche öffnest, bewegt sich die Tür in Zeitlupentempo auf den Rahmen zu. Ich schaffe es nicht, die Hände nach oben zu nehmen. Der Knall gibt mir eine satte Ohrfeige mit anhaltendem Echo.

„Entschuldigung“, stammelst du.

„Schon gut“, murmle ich und wünsche mich taub.

Du schleichst dich mit dem Eimer in der Hand ins Schlafzimmer. Mein Bett ist ein riesiges Quadrat, zur Feier des Tages habe ich es frisch bezogen. Weiß. Ich kann bunte Bettwäsche nicht ausstehen. Bunte Bettwäsche ist wie bunte Unterwäsche: übertrieben gut gelaunt. Neben dem Bett an der Wand hängen drei Fotos, Strandbilder ohne Wasser. Hast du sie dir jemals angeschaut? Links und rechts vom Fenster der weiße Vorhang. Du wirst ihn auf beiden Seiten bis zum Ende der Stange ziehen, um das Fenster zu öffnen. Riechst du mich? Suchst du nach meinem Schlafanzug, der unter dem Kopfkissen liegt? Ich denke dich in mein Bett, lasse deine Fingerspitzen über die kühle Seide wandern, unter der sich meine Haut nach dir sehnt. Wo beginnt unerlaubte Grenzüberschreitung? Mit dem Schweigen, das Ahnungslosigkeit vortäuscht? Mit dem Vordringen in das Herz einer anderen und der Rückkehr in das eigene mit einer Handvoll Diebesgut? Mit einem heimlichen, einem unheimlichen Begehren, das sich an taggeträumter Nacktheit vergreift?

Du stehst auf der Leiter und putzt das Fenster. Als du mich im Türrahmen bemerkst, zuckst du zusammen.

„Schenk ich dir“, stammelst du und deutest auf die saubere Scheibe.

Ich sehe, dass du errötest, auch wenn du nicht die Farbe wechselst.

Als du fertig bist, essen wir Kuchen und flüstern. Du suchst nach Worten, die sich nicht an meinem Kopf stoßen. Warme, runde Töne, die weich durch die Ohrmuschel schlüpfen, leicht verdaulich in mittlerer Frequenz.

Später holst du aus deinem Rucksack eine weiße Kerze. Darauf ist eine rote 40 gemalt und darunter steht: schön und klug. Du zündest sie an.

„Wünsch dir was!“

Ich muss nicht lange überlegen und puste sie aus.

„Und was noch?“, fragst du grinsend und entzündest sie noch einmal.

„Baden“, sage ich und lasse sie brennen.

Ich weiß nicht, was es bedeutet, dass du, während mein erstarrter Körper im heißen Wasser liegt, den Schmutz von den Scheiben meiner Balkontür wäschst. Aber ich entspanne mich allmählich. Schlafe fast ein. Muss ins Bett. Als ich aufstehe, tanzen rote Punkte vor meinen Augen, für einen Moment fürchte ich umzukippen. Ich stütze mich am Rand der Badewanne ab, muss mich auf mein Gleichgewicht konzentrieren. Die Fische auf dem Frotteeteppich zucken und ich kämpfe gegen die Übelkeit. Nur nicht brechen. Die Scham nicht aushalten müssen, das Gewürge, den schlechten Atem danach und das Gefühl, durch und durch vergiftet zu sein. Wie nach den ersten Partys mit Nudelsalat und billigem Wein. Die in einer unbekannten Wohnung auf einer durchgelegenen Matratze unter einem Fremden endeten, der beim Sex die Socken anbehielt.

Ich schaffe es, mich abzutrocknen, die Zähne zu putzen und mich zu kämmen. Eincremen ist undenkbar. Gehen nur schrittweise möglich. Muss mich an der Wand entlangtasten, mich am Türrahmen festhalten. Zwischen uns ist nichts außer dem roten Bademantel, den ich mir zum Geburtstag geschenkt habe.

„Schön“, sagst du und fasst in den dicken weichen Stoff.

Es ist eine Gelegenheit, aber ich kann sie nur vorbeiziehen lassen. Stolpere ins Bett und lasse mich von dir zudecken. Mein Herz schlägt schnell, mein Kopf verweigert jeden klaren Gedanken. Du bringst mir ein Glas Wasser, ziehst die Vorhänge zu, erteilst mir einen Befehl:

„Schlaf jetzt!“

Die Stadt gab sich alle Mühe, aber sie konnte sie nicht erobern. Etwas sperrte sich in ihr, verweigerte sich der überdrehten Metropole, dem Kaleidoskop der Hautfarben und der Tatsache, dass hier nichts eigenartig schien, weil alles eigenartig war. Und doch geschahen seltsame Dinge: Vor einer Woche hatte ihre Mutter angerufen und sie hatte sich von Lidia verleugnen lassen.

„Ich kann nicht hier bleiben."

„Das dachte ich mir."

„Wieso?"

„Aus dir wird niemals eine Gringa. Du bist eine Latina."

„Zurück kann ich nicht."

Lidia nickte. „Kluge Einstellung. Und wohin willst du?"

„Europa. Am liebsten Deutschland."

„Warum?"

„Da denken sie, bevor sie handeln."

„Bist du da sicher?"

„Ziemlich. Außerdem kann ich besser Deutsch als Englisch."

„Wie wäre es mit Frankfurt?“ Lidia legte den Kopf ein wenig schief und die Stirn in Falten.

„Wie meinst du das?“

„Dave hat dort Geschäftspartner. Vielleicht ließe sich etwas arrangieren.“

„Würdest du mit ihm sprechen?“

„Damit ich dich wieder loswerde und mir jede Menge Ärger mit deinem Vater einhandle? Ich wüsste nicht, was ich lieber täte!“, lachte Lidia.

Als ihre Tante das Haus verließ, nahm sie den großen Weltatlas aus dem Bücherregal und reiste auf der Weltkarte von den USA mit dem Zeigefinger nach Deutschland. Der Atlas war schon ein wenig älter und das Land noch geteilt. Fräulein Koch hatte ihnen in der Schule die Sache mit der Mauer erklärt:

„Die einen Deutschen sind von den guten Amerikanern und die anderen Deutschen von den bösen Russen besetzt worden. Und weil die auf der russischen Seite auf die amerikanische Seite flüchten wollten, haben die Kommunisten eine Mauer gebaut, über die niemand klettern konnte. Und weil jetzt niemand mehr raus- und auch niemand mehr reinkommt, gibt es auf der bösen Seite nichts zu kaufen: keine Jeans, keine Kaugummis und kein Obst. Das gibt es alles nur im Westen. Und die Bananen, die kommen aus Lateinamerika. Deshalb sind die Westdeutschen die Freunde der Lateinamerikaner. Außer von den Kubanern, die machen nämlich mit den Russen gemeinsame Sache.“

Lange, bevor sie das Kapital von Marx gelesen und verstanden hatte, was Luxus mit Klasse zu tun hat, träumte sie als kleines Mädchen davon, Bananen nach Ostdeutschland zu bringen. Der Gerechtigkeit wegen. Inzwischen gab es die Mauer nicht mehr und ganz Europa aß Südfrüchte auf Kosten der Länder der Dritten Welt, die später Entwicklungsländer hießen, als wären sie mental zurückgeblieben. Ausgerechnet Deutschland. Es war nicht rational zu erklären, es war ein Gefühl. Eine seltsame Mischung aus Flucht, Wut und Neugier. Eine Verzweiflungstat auf dem Weg fort von der Sehnsucht. Sie würde es versuchen, auch wenn ihr schon der Gedanke daran Magenschmerzen bereitete. Sie musste in ihrer Erinnerung ausradieren, was sie Tag für Tag, Nacht für Nacht als bittersüße Qual verfolgte. Auslöschen, was ihr auf der Zunge, der Haut, den Fingerspitzen lag.

Paulas Lächeln auf den aufgesprungenen Lippen im Morgengrauen.

Paulas geschlossene Augen unter ihr.

Paulas Hände auf ihrem zitternden Körper in der Nacht.

Ihr Atem am Ohr. Ihre Stimme.

„Amor mio ..."

Ihre Worte. Ihr Schweigen. Das Geheimnis von Lust und Last.

Zwei winzige Länder zwischen ihnen reichten nicht. Um zu vergessen, musste sie den Kontinent wechseln. Mindestens.

Wenn ich in der Nacht erwache und alles ist schwarz, fürchte ich, im Schlaf erblindet zu sein.

Es bliebe für immer dunkel, es wäre unmöglich, fremde Bilder vor die eigenen zu schieben und ich wäre meinem Innersten hilflos ausgeliefert. Ein Albtraum: Mich vor den zu Kontur gewordenen Gedanken nicht schützen zu können.

Ich taste auf dem Nachttisch nach meiner Brille, finde sie nicht, erinnere mich. Mein Geburtstag, ein Bad, du. Tappe ins Wohnzimmer, verschaffe mir Klarsicht. Der Stecker vom Telefon hängt locker über der Sofalehne. Ich stecke ihn wieder in die Wand. Der wunde Kopf auf meinem Hals hat sich in eine tumbe Kugel verwandelt, an der sämtliche Geräusche abprallen. Du liegst nicht zufällig auf meinem Sofa, dafür ein Zettel von dir auf dem Küchentisch, neben den Blumen, die du mir mitgebracht hast, angeschnitten und in eine Vase gestellt.

„Herzlichen Glückwunsch."

Davor liegt, mit einer roten Schleife umwickelt, ein gelbes Fensterleder. Ich soll also in Zukunft meine Fenster selbst putzen. Oder dich weiterhin kaufen: Andere leisten sich in meinem Alter Callgirls. Wieso sollte ich nicht für Transparenz bezahlen? Vielleicht tust du es ja nackt. Absurder Gedanke. Ich wäre die Erste, die vor Scham den Blick abwenden würde.

Neben dem Fensterleder steht ein kleines Kästchen. Darin liegt ein ovaler Stein. Er hat deine Farbe, ist glatt und in der Mitte ein wenig gewölbt. Ich umschließe ihn mit einer Hand. Vielleicht liegt in ihm deine ganze Geschichte, schwer, verschlossen und geheimnisvoll. Was willst du mir damit sagen? Dass ich auf Granit beiße? Dass sich hinter der harten Schale ein weicher Kern verbirgt? Dass du mir immer wieder entgleiten wirst, dass ich dich nirgends festhalten kann? Bist du am Ende so kalt und hart wie dieser Stein und spielst mit mir? Auch das kann ich mir vorstellen: Wie du mit anderen über mich lachst. Über die gute Partie, die ich vielleicht wäre. Die jeden Preis bezahlt, um in deiner Nähe zu sein. Haben deine Freunde auch so viel Glück? Hast du Freunde? Bin ich eine gute Partie?

Die ungeöffneten Briefe liegen auf dem Küchentisch, Gott und die Welt wünschen mir alles Gute. Ich sollte das Geburtstagspäckchen meiner Mutter von der Post abholen, bevor der Kuchen vermodert. Man meint es gut mit mir und statt mich darüber zu freuen, frage ich mich, wie du mich eigentlich meinst.

Die Worte, die du verschweigst, lerne ich auswendig, stricke mir daraus ein Kleid der Versuchung. Allein zwischen den Laken trage ich nichts darunter. Ich stelle mir vor, du hättest an meinem Pyjama gerochen. Das erregt mich. Ich stelle mir vor, du bist auf meiner Fährte, ohne zu ahnen, wie nah ich dir bin. Vielleicht willst du mich nicht finden. Vielleicht wäre ich dir nackt zu nah. Vielleicht kannst du mich nicht riechen, wenn der Duft meines Parfüms nachlässt.

In Wahrheit schnüffle ich an dir herum. Ich kann nicht aufhören, an der Jacke zu riechen, die du hast liegen lassen. Absichtlich? Ich besetze ein unsichtbares Land, ohne seine Grenzen zu kennen, erschöpft und sehnsüchtig. Ja, ich will dich. Ich will deinen Körper einsperren in meine Umarmung, ungefragt deine Lippen küssen. Mundraub aus purem Hunger. Ich will jede Vergangenheit in dir auslöschen, auf dir die Zeit anhalten. Eine andere werden auf deiner Haut. Dich berühren mit geschlossenen Augen.

„Bunt?", fragst du, als ich dich farbig nenne.

„Eigentlich hellbraun", sage ich.

„Milchkaffee?"

„Afrika."

„Kennst du Afrika?"

„Nein, ich kenne nur Daktari."

„Tacktarie?"

Ich erzähle dir von Clarence, dem schielenden Löwen, von Judy, dem Schimpansen, von der weißen Dschungelarztassistentin und dem Wohnzimmerrassismus, der in den sechziger Jahren jeden Samstagabend über den Fernsehbildschirm flimmerte.

Beiläufig bemerkst du, du könnest vielleicht nächste Woche nicht kommen. Ob das ein Problem sei.

Nein, kein Problem.

„Kommst du wieder?"

„Klar!"

Nun hast du dich in Luft aufgelöst, und ich schließe die Augen, stelle mir vor, wie ich dich kommen rieche. Die Straße entlang, die Treppe hinauf, durch die Wohnungstür, ohne Umweg auf mich zu. Du sollst mich berühren. Und weil du es nicht tust, tue ich es für dich. Fantasiere dich auf meine ungeduldigen Fingerspitzen. Vielleicht, weil ich allmählich verstehe, dass du nur zu Besuch in meinem Leben bist. Ein Gastspiel gibst. Doch solange die Vorstellung läuft, will ich mich hergeben an dich, bis du genug von mir hast. Tag und Nacht kannst du mich haben, von mir nehmen, was du willst. Dir will ich mich nicht vorwerfen. Dir will ich mich unterwerfen.

„Wer ist er?"

„Ein alter Freund von mir. Er hat eine Sprachenschule in Frankfurt. Ich habe ihn angerufen und von dir erzählt. Sein Büro schickt dir eine Einladung und die Papiere, die du brauchst, um ein Visum zu bekommen. Am besten, du schickst ihm eine E-Mail und klärst alles mit ihm persönlich."

Dave reichte ihr einen Zettel. „Hier. Er heißt Richard Mehnert und ist so alt wie ich."

Sie faltete den Zettel, bis er in ihre Hosentasche passte.

„Danke." Und grinsend: „Wie alt bist du denn?"

„Seit ein paar Jahren fünfundfünfzig", antwortete er gespielt gekränkt.

Wahrscheinlich, dachte sie, ist er kein bisschen verrückt. Wahrscheinlich ist er einfach nur schwul.

Dave verabschiedete sich mit einem kurzen Winken von ihr und Lidia und schloss die Tür leise hinter sich.

Ihre Tante saß auf dem Sofa, den Arm über der Lehne, die Beine übereinandergeschlagen.

Toni setzte sich ihr gegenüber. Atmete tief durch.

„Ich weiß nicht, ob ich wiederkomme."

„Ich weiß." Lidia sah sie ruhig an.

„Was weißt du?" Sie war gereizt.

„Dass du planst, nicht mehr zurückzukommen. Dass du verschwinden willst. Ich verstehe nur nicht, wieso du so ein Theater darum machst."

„Vielleicht, weil es meine Sache ist?"

„Vielleicht."

In Momenten wie diesen begann sie zu verstehen, warum ihr Vater seine Schwester hatte loswerden wollen.

„Ich muss mein eigenes Leben leben. Alleine."

„Deswegen musst du ja nicht gleich alles andere über den Haufen werfen."

„Mir ist aber so, okay?" Sie hob die Stimme. „Ich muss raus hier. Ich komme mir vor wie ein überfüttertes, dickes Kind. Satt und träge und faul. Ich lebe auf Kosten eines Mannes, der sein Geld einem korrupten System verdankt und in der Wohnung seiner Schwester, die einen Millionär zum Mann hat. Ich lebe wie die Made im Speck, nachdem ich die letzten Jahre damit verbracht habe, Leute aus dem Weg zu ballern, die genau dafür stehen. Das ist doch pervers. Manchmal wünschte ich, sie würden mich einfach liquidieren."

„Wer sollte dich denn liquidieren wollen?", fragte Lidia ein wenig spöttisch mit nach oben gezogenen Augenbrauen.

Sie würde am liebsten aufspringen und es ihr sagen.

Ich weiß zu viel.

Etwas, das ein ganzes Land wissen wollte. Die Presse und die Regierung und ein halb durchgedrehter Ehemann, der seit zwei Jahren die Spur seiner entführten Frau verfolgte. Dass sie eine der ganz wenigen war, die ihren Aufenthaltsort kannte. Und auch den Grund dafür. Dass sie deshalb das Haus nur tagsüber verließ. Dass sie deshalb zusammenzuckte bei jedem plötzlichen Geräusch und sich in Restaurants niemals mit dem Rücken zur Tür setzte. Jeden halbwegs finster aussehenden Typen für einen Killer hielt. Sie hatte Angst. Todesangst. Und sie hatte, verdammt noch mal, allen Grund dazu. Aber das sagte sie nicht. Sie riss sich zusammen.

„Entschuldige, ich bin irgendwie nervös."

„Schon gut. Du bist mir ja keine Rechenschaft schuldig. Aber ich sehe doch, dass dich etwas bedrückt. Wenn du darüber reden willst, bin ich da. Und falls du etwas brauchst, auch. Ich hoffe, das weißt du."

Sie nickte. Am liebsten würde sie morgen schon nach Frankfurt fliegen. Die Herzlichkeit ihrer Tante drückte ihr die Luft ab, die zuvorkommende Art von Dave lähmte sie und manchmal nachts wollte sie am liebsten ein Feuer legen. Wenn alle fort waren. Sich auf den weißen, weichen Teppich setzen, einen Kanister Benzin über sich kippen und ohne Hast eine Zigarette anzünden. In diesem Nichtraucherapartment, weil man Rauchen hier ungesund fand. In dieser Angeberstadt, in der sie sich fühlte wie ein Raubfisch im Aquarium. Sie war erschöpft und einsam. Wohin auch immer sie ging, sie würde auch hierher nicht wieder zurückkommen. Einmal mehr auf Nimmerwiedersehen. Und wieder fühlte sich ihre Mitte an, als wäre sie aus Stein.

Lidia stand auf, ging zu einem der weiß lackierten Schränke, holte eine schwarze Dose heraus und stellte sie auf den Couchtisch.

„Was ist das? Eine Urne?" Sie war streitlustig.

Lidia schüttelte den Kopf. „Ein Stück Heimat."

Sie nahm den Deckel ab, griff hinein, und ihre Finger beförderten trockene Erdklümpchen hervor.

„Nimm es mit. Du brauchst es dringender als ich. Falls du Wurzeln schlagen willst."

Sie klopfte sich den Staub von den Händen, schloss den Deckel und schob die Dose über den Tisch auf ihre Nichte zu. Dann stand sie auf und verließ wortlos das Zimmer.

Wir sitzen schon so lange in der Küche, dass sich unsere Augen an das Abendlicht gewöhnt haben. Die einbrechende Dämmerung verschluckt uns, allmählich verschwinden wir voreinander in kühler Luft und heißem Atem.

Ich frage dich nicht, ob du bleiben willst.

Zu schnell vergesse ich meine Geliebten. Nach dem gestillten Verlangen der Abschied. Mit dem Zufallen der Tür, dem Abstreifen des Bademantels, mit dem Verschwinden eines fremden Körpers erfüllt mein eigener den Raum. Kein Laut zu hören, nur das Knacken in einer aus Schutt und Trümmern zusammengestauchten Wand. Ich mag diese verwundeten Mauern gepflegter Pensionen, deren Risse bis an die gekalkte Oberfläche dringen, die Unschuld des Zimmers sprengen, um mich an einen Krieg zu erinnern, der nicht meiner war. Die Fenster öffne ich weit, im Traum lebe ich vom Atem der Stadt. Kein Brustkorb neben mir, der sich hebt und senkt. Meine ausgestreckten Arme und Beine berühren nichts als den verschwiegenen Stoff. Mich wiederzuhaben nach dem Umherirren im Leben eines anderen ist ein Fest. Ein

Bedürfnis nach nichts. Keine Fragen, keine Antworten, kein Streit. Keine Fotoalben, keine Offenbarungen, keine Geschichte. Allein in der Dunkelheit, frei von Verlangen, frei von Schuld. Schon deshalb treffe ich mich am liebsten in kleinen Hotels. Im Niemandsland vergessener Lebensläufe, umgeben von verflogenem Duft unbekannter Leiber, ohne die Frage nach einem Handtuch. Eine Tages- und eine Nachtration Duschgel, eine unverbindliche Zahl Wegwerfzahnbürsten und Nassrasierer. Der Zutritt zu mir ist verboten. An meiner Schlafzimmertür hängt ein Schild: Bitte nicht stören.

Dahinter warte ich auf dein Klopfen. Denke mir deine Küsse als Versteckspiel auf feuchten Lippen, deine Haut als sanfte Versuchung. Hoffe auf deine Stimme, meine Stille zu durchbrechen. Mit dir will ich übernachten, den nächsten Morgen überleben.

„Wie bist du nach Deutschland gekommen?“, frage ich dich in die Dunkelheit.

Du breitest deine Arme aus und machst eine flügelschlagende Bewegung.

„Mit dem Flugzeug.“

„Und ich dachte schon, du wärst über das Wasser gelaufen!“

„Über welches Wasser?“

„Keine Ahnung! Gibt es bei dir zu Hause kein Meer?“

In meiner Hosentasche umfasse ich den Stein, den ich immer bei mir trage, seit du ihn mir geschenkt hast.

„Kommt darauf an, auf welcher Seite du bist.“

„Und Berge?“

Du nickst.

„Und Liebe?“

Du schaust mich unvermittelt an.

Sag es nicht.

Es ist eine dieser Fragen, die ich stelle, weil ich glaube, die Antwort könnte nicht schlimmer sein als das, was ich mir zusammenreime. Ich will es wissen und doch nicht. Ich bin eifersüchtig und schäme mich dafür. Will nicht, dass es in deinem Leben einen Menschen gibt, den du vermisst. Den du willst. Den du liebst. Doch ich will auch nicht, dass du mir das Gegenteil versicherst, denn ich würde es dir ohnehin nicht glauben.

„Ich muss gehen", sagst du plötzlich.

„Jetzt?"

„Ja."

„Warum?"

Keine Antwort. Die Tür in dir fällt zu, lange bevor du meine hinter dir schließt.

Sie mochte Häfen. Gut, dass Hamburg einen hatte. Die Kräne, die Gabelstapler und die Lastwagen, die neben den riesigen Schiffen aussahen wie Spielzeugautos, die Touristeneisenbähnchen auf den lang gezogenen Landungsbrücken, die schaukelnden, ungeduldigen Ausflugsboote und die Möwen, die kreischend wie Geier über allem kreisten, waren nicht weniger rastlos als sie selbst. Zwischen den eisernen Giganten, auf die unermüdlich ein Container nach dem anderen geladen wurde, fühlte sie sich wie eine Miniatur, winzig und ausgesetzt im Land stählerner Riesen. Und plötzlich vermisste sie Doña Beatriz. Ein Wunsch machte sich in ihr breit, eine Sehnsucht, die ihr schmerzhaft in Erinnerung rief, wie weit sie von dem Ort war, der ihr Zuhause hätte werden sollen: Jetzt und hier wollte sie mit der anmutigen Frau ihres Vaters auf den Hamburger Landungsbrücken entlangflanieren. Selbstverständlich, untergehakt, eine erwachsene Tochter mit ihrer in die Jahre gekommenen, aber noch immer attraktiven Mutter. Wie sie wohl inzwischen aussah? Ob sie in den letzten Jahren gealtert war? Hatte sie ihr Findelkind abgeschrieben? Dachte sie, nun zeigte es sich doch, dass sie nicht ihr leibliches Kind war? Oder glaubte sie noch immer, das Beste aus ihr gemacht zu haben?

Sie schüttelte den Kopf, als ob sie eine lästige Fliege vertreiben wollte. Sie durfte nicht an ihre Familie denken. Sie hatte keine Familie mehr. Es gab außer ihr selbst keinen Menschen, dem sie zugehörig war, und es war allein dem Zufall geschuldet, mit dieser Gewissheit gerade an diesem Ort zu sein. Nach der Landung in Frankfurt war sie zum Hauptbahnhof gefahren und hatte den erstbesten Schnellzug genommen. Ein paar Stunden später war sie in Hamburg angekommen. Sie hatte ihr Gepäck im Schließfach eingeschlossen und das Wichtigste in ihren kleinen Rucksack gepackt: 10.000 Dollar in mittleren und kleinen Scheinen, ihren Pass, eine Zahnbürste und frische Wäsche. Das Bedürfnis nach sauberen Kleidern war mit der Rückkehr in die Zivilisation gewachsen. In der Wildnis verlor man das Gefühl für den eigenen Geruch. Man wurde zu Regen oder Sonne oder Erde. Die Haut wurde weich und nahm die Luft mit all ihren Düften auf. Niemand wäre auf die Idee gekommen, sich zu parfümieren. Schweiß war nicht mehr als das Ergebnis von Bewegung und Wasser das einzige Mittel, ihn abzuwaschen. Draußen, zwischen Tieren, brauchte man den Körper, um versteckt zu überleben, drinnen, unter Menschen, musste man ihn verstecken, um zu überleben.

Sie quartierte sich in einem kleinen Hotel mit Namen Hammer ein. Warum benannte man ein Hotel nach einem Schlagwerkzeug? Vielleicht, weil man nicht übel Lust bekam, die Häuserwand vor dem Fenster einzureißen oder weil die Möbel so hässlich waren, dass man sie problemlos zu Kleinholz hätte verarbeiten können. Und doch: Als sie mit ausgestreckten Beinen und mit hinter dem Kopf verschränkten Armen auf der durchgelegenen

Matratze lag, den Blick auf die flackernde Glühbirne gerichtet, die den Raum in fahles Licht tauchte, spürte sie etwas wie Angekommensein. Ein feines Gefühl, das sich an ihren nackten Armen entlangschlich, an ihren Fingerspitzen endete und sie aufforderte, ihre Hände in Bewegung zu setzen. Vorsichtig schob sie ihr T-Shirt nach oben, legte ihre Brüste frei. Schaute auf sie hinunter, als traute sie ihnen nicht. Wie lange war das her? Hatte sie vergessen, wie es sich anfühlte? Wollte sie sich erinnern? Sie öffnete die Knöpfe ihrer Jeans, klappte die beiden Hälften auseinander und winkelte die Beine an. Sehnsucht war, wenn die Welt außer einem Verstreichen der Zeit keine Berührung mehr übrig hatte. Sie schaffte es nicht. Sie konnte nichts tun. Still lag sie da, der Raum verschwamm hinter Tränen, die lautlos über ihr Gesicht liefen, um in einem grünen Bettbezug mit weißen Blumen zu versickern.

„Alles klar?“, frage ich.

Du lügst nicht besonders überzeugend. Du bist mir keine Erklärung schuldig.

„Soll ich putzen?“

Ich gebe mir mehr Mühe mit dem Schwindel. Ich tue so, als ginge ich einkaufen und treibe mich fast zwei Stunden herum. Als ich zurückkomme, bist du gerade dabei zu gehen.

„Bleibst du noch auf einen Kaffee?“

Es dauert eine Ewigkeit, bis die Hitze das Wasser in der Espressokanne nach oben treibt und ich fürchte, du könntest die Zeit nutzen, um zu fliehen. Doch du sitzt unbeweglich auf dem Sofa und schaust aus dem Fenster. Reagierst erst, als ich das Tablett auf den Tisch stelle. Legst die Hände um die heiße Tasse und trinkst in großen Schlucken. Isst eines der Sandwichs, die ich in Windeseile zubereitet habe.

Tausend Fragen, ich wage keine zu stellen. Wünschte, du würdest mir erzählen wollen, was mit dir geschieht. Fürchte, dich zu bedrängen. Verfalle in Starre wie diese Sorte kleiner Spinnen, wenn der Faden reißt.

Ich habe aufgehört zu fragen, als ich vierzehn war. Nach dem ersten Sex quer über den Vordersitzen eines weinroten Ford Fiesta. Während sich mein Mathelehrer zwischen meine Beine rammte, bohrte sich der Schaltknüppel in meinen Rücken. Die ganze Zeit fragte ich mich, wo er wohl seine Füße unterbrachte, bis ich merkte, dass sie aus der offenen Fahrertür heraushingen. Ich versuchte mir vorzustellen, wie komisch das von oben aussehen musste: Ein lang gezogenes Rechteck, an dessen Längsseite zwei herrenlose Tennisschuhe turnten. Eine Textaufgabe, drei Variablen.

Wenn man als Kind zum Spielball eines Erwachsenen wird, dann ist Sex das Unspektakulärste. Das, was dem noch nicht ausgeformten Kopf wirklich die Unschuld raubt, ist, dass er denkt, von jetzt an müsste er alles wissen. Als wäre mit dem Geschlecht eines ausgewachsenen Körpers das ganze Leben eingedrungen, als lägen nun alle Antworten in verschlüsselter Form im Kopf bereit. Jahre später steht eine Studentin in der Uni und weiß nicht, wo ihre Veranstaltungen stattfinden. Sie verpasst eine Vorlesung und noch eine Vorlesung und noch eine Vorlesung und nach zwei Semestern gibt sie ihr Studium auf, weil sie es nicht schafft, Fragen zu stellen. Sie wechselt das Fach, sucht es aus, nach der Art, wie die Gebäude ausgeschildert sind: zwei Semester Sport. Dann kommt Schwimmen und sie fürchtet den Kopfsprung vom Dreimeterbrett.

„Es kann doch gar nichts passieren!"

Beim niederschmetternden Hinabsteigen der Leiter und dem betroffenen Schweigen ihrer Kommilitonen weiß sie, dass sie nie wieder dahin zurückkommen wird. Scham und Misstrauen sind schlechte Voraussetzungen für Mutproben. Sie wechselt die Universität. Die Stadt. Ihr Lebenslauf sieht aus wie das Puzzle einer Strukturzeichnung der Desoxyribonukleinsäure. Sie macht, was sich ihr bietet, nimmt, was sie bekommen kann, und wundert sich darüber, dass so eine wie sie überhaupt eine Arbeit findet. Andere halten die inzwischen erwachsene Frau für überdurchschnittlich intelligent, wenn sie Fehler macht, schreibt man es ihrer ungezügelten Kreativität zu. Dabei besteht ihre einzige Leistung darin, sich durchzumogeln. Was der Bauer nicht kennt: Unbekanntes, Neues, Unkontrollierbares meidet sie. Sie kommt in den Ruf, alles zu meistern.

„Es ist besser, nichts zu sagen", sagst du plötzlich mit einer dünnen Stimme, die ich noch nie aus deinem Mund gehört habe.

„Ist es auch besser, falsch zu denken?", erwidere ich leise.

„Vielleicht."

Ich spüre, wie du zitterst. Lege vorsichtig meinen Arm um dich. Du widersetzt dich nicht. Gibst nach, lehnst dich an. Ich will sagen, dass alles gut ist, dass du keine Angst haben musst, obwohl ich keine Ahnung habe, ob du dich fürchtest und wenn ja, wovor. Will dir Worte ins Ohr flüstern, dir versichern, dass du mir vertrauen kannst, als mir plötzlich dieses kantige Ungetüm im Hals wächst, ein altbekanntes Unförmiges, das sich nicht hinunterschlucken lässt. Statt dich zu beruhigen, halte ich mich an dir fest und weine. Du setzt dich auf, ziehst mich an dich, streichst mir die Haare aus der Stirn und tust etwas, womit ich nicht rechne, etwas, das mich durch und durch erschüttert: Du küsst mich auf die Augen.

Sie bezog eine kleine Wohnung, die ihr die Sprachenschule vermittelt hatte, in der sie einen Deutschkurs absolvierte. Es war kein Problem, das Visum um ein halbes Jahr zu verlängern, wenn sie drei Monate im Voraus bezahlte. Dann erhielt sie eine entsprechende Bescheinigung, die sie bei der Ausländerbehörde vorzeigen konnte. Danach würde sie weitersehen.

Fast alle in der Klasse, die sich jeden Tag vier Stunden in der Schule trafen, waren entweder mit einem Deutschen verheiratet oder wollten an eine deutsche Universität. Sie würde auch gern wieder studieren, aber sie hatte die nötigen Papiere dafür nicht. Sie besaß keine beglaubigte Kopie ihres Schulabschlusszeugnisses, keine beglaubigte Kopie ihrer Immatrikulation, keine beglaubigte Kopie ihres Examens. Sie konnte nicht nachweisen, jemals an einer der besten privaten Universitäten Politikwissenschaft studiert zu haben. Sie hatte nichts außer einem Pass mit einem Stempel, den sie mit ein bisschen Glück verlängern konnte, und danach ein Problem.

Deutschland war ein aufgeräumtes Land. Alles, was sie jemals darüber gelernt hatte, schien zu stimmen. Die

Menschen verhielten sich auf den ersten Blick alle vernünftig, man blieb an roten Ampeln stehen, auch wenn weit und breit kein Auto zu sehen war, man warf den Müll in Papierkörbe. Jedenfalls meistens. Für die, die es nicht taten, gab es eine Plakatwerbung, die ein Vermögen gekostet haben musste und die Jugendliche dazu anhalten sollte, ihren Abfall wie Basketballer in die Tonne zu werfen: jeder Treffer ein Punkt. Kein Mensch würde das bei ihr zu Hause verstehen. Die Armen hatten nichts wegzuwerfen und die Reichen setzten keinen Fuß auf die Straße, sondern bewegten sich ausschließlich im Auto fort. Außerdem beschäftigten sie genügend Angestellte, die den Dreck vor und hinter ihnen wegräumten. Und die minderjährigen Berufskiller würden ihre Plastikbecher wahrscheinlich zuerst mit den Kugeln einer Shortgun zersieben, bevor sie auf das Plakat schießen und versuchen würden, die dort abgebildete Tonne zu treffen. Hier in Hamburg ging man offensichtlich davon aus, dass weder das eine noch das andere passierte. Und auch, dass Müllmänner nicht weiß, sondern dunkelhäutig waren. Sklavenarbeit. Vielleicht hätte sie ja Chancen bei der städtischen Abfallbeseitigung.

Die Wohnung war gemütlich eingerichtet, als wäre ihre Besitzerin gerade eben Zigaretten holen gegangen. Dabei war sie in Buenos Aires und lernte Tango tanzen. In ihrem Flur hing ein Poster von Che Guevara. Wie würde sie es wohl finden, dass gerade eine Guerillera in ihrem Bett schlief? Aufregend? Gehörte sie zu der Sorte Sozialromantikerinnen, die noch heute glaubten, dass die Guerilla hehre Ziele verfolgte, für eine bessere Welt kämpfte und mit Gewalt Frieden bringen konnte? Und wer war sie, eine Ausgestiegene, dass sie sich ein Urteil darüber erlaubte? Sie hatte doch all die Jahre den Mund gehalten, Befehle ausgeführt und gehorcht. Bis sie die Sache mit Encarna erfahren hatte.

Die linke Gewerkschafterin hatte ungeachtet aller Warnungen die Grenze des Sperrgebietes überschritten, das ungefähr so groß wie die Schweiz war. Sie hatte auf ein diffuses linkes Verständnis von Solidarität vertraut, die schützende Sicherheitseskorte verlassen, um mit dem Kommandanten zu sprechen. Einige Tage später war sie ihm als Gefangene begegnet.

„Wie kann man nur so dämlich sein?"

„Sie wollte es ja nicht anders."

„Die ist auch nicht besser als alle anderen."

Die Kommentare ihrer Kameraden waren ernüchternd gewesen. Außer ihr und Paula gab es keinen, der sich fragte, weshalb man keinen Unterschied mehr zwischen links und rechts machte und ob der Marxismus nicht eigentlich genau dafür plädierte: für die große Vereinigung einer starken Linken.

„Das können wir nicht machen", hatte sie zu sagen gewagt. „Wir verlieren unsere Glaubwürdigkeit, wenn wir ausgerechnet eine Linke festhalten. Im Grunde ist sie doch eine von uns."

Das hatte ausgereicht, sie zu degradieren. Drei Tage später war sie vom Büro für Öffentlichkeitsarbeit zum Dienst an der Waffe abkommandiert worden.

„Sei froh, dass sie dich nicht wegen Verrats anklagen!", hatte Paula gesagt, kurz bevor sie versuchte, sie zur Flucht zu bewegen.

Viele Monate später zog Toni kurz vor Mitternacht in Hamburg die dicke Winterjacke an, die sie sich ein paar Tage zuvor gekauft hatte, schlang sich einen langen Schal um den Hals, der ihr in einem Café aufgefallen war, nachdem sie drei Tage lang im Vorbeigehen überprüft hatte, dass niemand sich anschickte, ihn dort wegzunehmen, und setzte sich auf den Balkon. Die ersten bunten Lichtschweife derer, die es nicht abwarten konnten, schossen durch den nächtlichen Himmel. Bei jedem Knall schrak sie zusammen, die Raketen und Kracher machten sie schon seit Tagen nervös. Das Geräusch erinnerte sie an Schüsse und es rief Bilder in ihr wach, die ihr Herz noch immer galoppieren ließen:

Sie waren in einen Hinterhalt geraten, das Dorf wie ausgestorben, es herrschte eine unheilvolle Stille, die nur der Tod über den Häusern auszubreiten vermochte. Sie waren langsam weitergegangen, obwohl sie spürten, dass sie hätten umdrehen sollen, aber eine dunkle Vorahnung hatte sie weitergetrieben, hin zum Brunnen, um den ein paar streunende Hunde schlichen, verstört und ohne zu bellen, als hätten sie die Stimme verloren. Dann, plötzlich und unerwartet, waren die ersten Schüsse gefallen.

„Feuer!", hatte Juan gerufen und das Gewehr von der Schulter genommen, um im Halbkreis wie ein Wahnsinniger auf die Häuser zu schießen. Sie hatte eine Sekunde verharrt und dann mechanisch reagiert.

Geh in Deckung.

Sie war rückwärts auf einen Karren zugegangen. Dabei hatte sie auf einen der Männer gezielt, der auf sie zugelaufen kam, und ihm mitten ins Gesicht geschossen. Er riss die Hände nach oben und sie feuerte so lange auf seinen zuckenden Körper ein, bis er tot in sich zusammenfiel. Dann der nächste. Das Gemetzel schien nicht enden zu wollen. Es roch nach verschossener Munition und Blut, die Schreie der Kämpfer wurden allmählich leiser, die Paras gewannen die Oberhand. Ein paar ihrer Kameraden hatten sich zurückziehen können, sie waren in der Unterzahl. Aus dem Augenwinkel hatte sie gesehen, wie Juan getroffen weggesackt war und sich die Seite hielt. Sie drehte sich zu ihm um, wollte ihm zu Hilfe kommen, als sie von hinten herumgerissen wurde. Zwei Männer schlugen auf sie ein, sie versuchte, ihren Kopf zu schützen, wurde fortgeschleift, zu den anderen, die sie schon auf dem Dorfplatz zusammengetrieben hatten.

Bitte nicht, und wenn, dann schnell.

Als Ersten hatten sie Juan geholt. Er konnte kaum stehen, hatte sich nicht gewehrt, zwei Männer hielten ihn aufrecht und zwangen ihn dann in die Knie. Er hatte den Kopf gesenkt, die Augen geschlossen. Schuss. Tot. Dann kam einer mit der Motorsäge. Man wusste das. Sie hatten es hundertmal geprobt. Trainiert. Und doch konnte sie nicht glauben, was sie sah. Ihr Magen rebellierte, doch sie zwang sich zuzusehen. Das war sie Juan schuldig.

Als sie mit ihm fertig waren, seine Gliedmaßen nur noch ein zerfetztes Bündel Fleisch, hatten sie sich über den Rest hergemacht. Diesmal kamen die Sägen früher, frästen sich wie wilde Roboter in die Gruppe Entwaffneter und Verwundeter, die schützend ihre Hände vor das Gesicht hielten oder einige Schritte davonliefen, bevor sie niedergerissen und abgeschlachtet wurden.

Nicht, bitte nicht ...

Dann verspürte sie einen scharfen Schmerz in der Hand. Sie duckte sich, suchte Schutz hinter einem Körper, der sich kurz zuvor unter Schreien aufgebäumt hatte. Sie ließ sich fallen. Gab auf.

In diesem Augenblick war die Erde unter einer gigantischen Explosion erzittert, für einen Augenblick stand alles still. Jemand hatte eine Gasbombe gezündet. Die Kirche brannte und mit ihr die dort versteckten Dorfbewohner. Kollateralschaden. Augenblicklich ließen die Paras von ihnen ab und brachten sich in Sicherheit. Rückzug.

Steh auf, weg von hier.

Sie hatte ihre Beine unter dem blutigen Körper von Estefan herausgezogen. Er war ihre Rettung gewesen. Ihn hatten sie zuerst erwischt. Nun starb er in ihren Armen. Es kam ihr wie eine Ewigkeit vor. Er hatte noch etwas sagen wollen, versucht, Worte zu formen, doch seine Stimme hatte ihn bereits verlassen. Als seine Lippen aufhörten, sich zu bewegen, schloss sie seine Augen, die sie bis zum Schluss fassungslos angestarrt hatten, als könnte er nicht begreifen, was ihm gerade geschehen war. Einer der Kurzfilme, die sich für immer in ihr Gedächtnis einbrennen sollten. Der unentschuldbare Irrsinn von Waffen und Gewalt. Es gab keine Rechtfertigung dafür. Er war falsch. Immer.

Um sie herum Schreie, flüchtende Männer, Frauen, Kinder und am Boden liegende Verwundete und Tote. Sie schleppte sich zwischen ihnen hindurch zu einem kleinen Weg in den Wald. Er führte zu einer Stelle, an dem lose Bretter über einen Graben führten. Dort ließ sie sich hineingleiten. Ihre Stiefel versanken in dem feuchten Morast, sie konnte gerade noch über den Rand hinaussehen. Der Schmerz in ihrer linken Hand war kaum auszuhalten, am liebsten hätte sie die Augen geschlossen, wie Estefan, und wäre eingeschlafen. Weggetreten. Doch sie wusste, dass sie bei Bewusstsein bleiben musste. Außer auf ihre Kameraden, die sie suchen würden, die weder Verwundete noch Tote zurücklassen durften, musste sie ein Auge auf Spinnen und Schlangen haben. Auf giftige Frösche und Würmer. Auf alles, was sich auf sie zu bewegen würde.

Mit zusammengebissenen Zähnen hatte sie ihren schmerzenden Körper in eine Position gerückt, die ihr erlaubte, durch einen kleinen Spalt zwischen den Brettern die Schneise einzusehen. Sie betrachtete die Wunde: Die

Kuppen des Zeige- und Mittelfingers fehlten. Fieberhaft versuchte sie, sich an eines der Überlebens-Trainings zu erinnern. Erste Hilfe. Abbinden, den Blutverlust mit allen Mitteln stoppen. Desinfizieren. Mit der rechten Hand hatte sie ihr Halstuch gelöst und es so fest sie konnte um die stark blutenden Finger gewickelt. Die Wunde pochte heiß, der Schmerz war unbeschreiblich.

„Koka wirkt Wunder. Dieses Land geht nicht umsonst daran zugrunde. Es betäubt den Schmerz, aber es hält dich wach."

Sie hatte in die Innentasche ihrer Jacke gegriffen und den flachen Beutel hervorgeholt, den Paula ihr Tage zuvor zugesteckt hatte. Der Saft der Blätter schmeckte bitter, trotz des Durstes und der aufsteigenden Übelkeit zwang sie sich weiterzukauen und wenig später spürte sie, wie sich ihr Körper merklich entspannte, der Schmerz ein wenig in den Hintergrund trat und ihre Beine einknickten. Dass ihr Kopf um ein Haar gespalten war, hatte sie erst bemerkt, als ihr das Blut warm an den Schläfen heruntergeronnen war.

Toni drehte sich eine Zigarette und sah in den erleuchteten Hamburger Silvesterhimmel. Die Nacht brannte und explodierte in rot und gelb und blau. Das neue Jahr konnte nur besser werden.

Ich mache einen Spaziergang, um mich vom Warten abzuhalten. Du bist ohne Vorankündigung nicht gekommen. Vorgestern nicht, gestern nicht und heute nicht. Ich kann nicht länger dreimal am Tag zufällig meine Wohnung aufsuchen, als wäre ich meine eigene Nachbarin. Unterwegs treffe ich wenigstens Fremde. Boule spielende Männer, die aussehen wollen wie Franzosen, ein Pudelsalon, deren Besitzerin eine gewisse Ähnlichkeit mit ihrer Kundschaft hat, ein erwachsener Mann mit einer Chicago-Bull-Kappe auf dem Kopf, an der Hand eines Jungen, der höchstens fünfzehn ist und nicht sein Sohn. Eine dicke Frau im schwarz-violetten Trainingsanzug, deren Beine im September in blauen Winter-Thermostiefeln stecken. Eine abgekämpfte Fahrradbotin, deren Funkgerät knatternde Geräusche von sich gibt, während sie angestrengt in die Pedale tritt. Ein Dosenbier trinkender Mann ohne erkennbares Alter, dessen rote, hügelige Nase jede Andeutung von Gesichtszügen überdeckt. Ich zappe durch das Berlinprogramm und meine Erinnerung schält sich wie eine Zwiebel: Die Mauer, die mich erst störte, als sie nicht mehr da war. Der Schatten, den die Balkontür im Sommer auf meinen Schreibtisch warf, an dem es nie warm genug war, um heiße Pressetexte zu schreiben, die Bushaltestelle, die plötzlich die Straßenseite wechselte, daneben mein verbogenes Fahrrad, der blutige Geschmack von kaputten Lippen und die Angst um die harten Knochen des Kiefers. Die Notaufnahme im Kiezkrankenhaus, in dem die Verletzten vor der Verarztung noch schnell eine rauchen. Diese Stadt hat mir wehgetan und ich habe mich an ihr gerächt, indem ich sie nicht verlassen habe.

Kurz vor dem Park, wo sich im Sommer die Daheimgebliebenen, Herbsturlauber und Ferienhasser zwischen eingetrockneten Hundehaufen sonnen, liegt ein weißer Kleiderständer, als wäre er aus dem Fenster der Wohnung im dritten Stock gefallen oder gehörte zu den vergessenen Requisiten einer abgereisten Theatergruppe. Hier kommt es öfter vor, dass ein Stück nicht fertig gespielt wird. Ein aus dem Zusammenhang gerissenes Stück Holz, um das sich niemand mehr kümmert. Wenn es nicht von den beiden Alten verfeuert wird, die einige Meter weiter zwei halbe rosa Schweine auf offenem Feuer grillen, deren Ohren beim Umdrehen der Spieße, wie aus der Todesstarre erwacht, plötzlich nach unten klappen.

Nur im Herbst betrachte ich die Stadt mit offenen Augen. Hole die schwere schwarze Spiegelreflexkamera aus dem Schrank. Immer noch. Verweigere dem Zeitalter des digitalen Blicks meine Anerkennung. Ich könnte keine Fotos machen mit einem Ding, das daherkommt wie ein Angeberauto. Silberfarben und Turbo. Eine Kamera ist kein Sportwagen. Eine Kamera ist eine dunkle Möglichkeit zu heller Fantasie. Ein Fernrohr in fremdes Territorium. Es gehört Mut dazu, die Dinge im Ausschnitt zu betrachten. Ich stelle nur scharf, woran mein Blick hängen bleibt: eine weggeworfene Portion Kartoffelstäbchen, die unter der roten Ketchupmasse aufquellen wie Wasserleichen. Rtschk. Spannen. Ein Schild mit der Aufschrift: Hier keine Sitzfläche, an einem Ort, an dem man kaum stehen kann. Rtschk. Spannen. Deine Hausnummer. Rtschk. Spannen. Wegpacken. Ich bin hier, um nachzusehen, ob du noch da bist.

In Gedanken höre ich dich in einem anderen Land unter einer sengenden Sonne spanisch sprechen. Du trägst bunte Tücher und tanzt. Du sitzt an langen Tischen und gestikulierst. Du trinkst aus kleinen Gläsern, du wirbelst lachende Kinder herum. Du vergisst mich.

Das Treppenhaus riecht nach feuchtem Holz. Durch die zerbrochenen Fensterscheiben drängen ein paar schmutzig-warme Sonnenstrahlen. Im Hinterhof liegen die ersten gelben Blätter der bedrohlich hohen Kastanie zwischen Fahrradkadavern und Plastikmülltonnen. An deiner Haustür steht kein Name, doch ich erkenne sie sofort wieder. Gerade als ich vorsichtig an das grün gestrichene Holz klopfen will, leise genug, dass du es nicht hören musst, öffnet sich ruckartig die Tür und ein Handwerker steht vor mir.

„Ach, Sie kommen wohl wegen der Wohnung, ja? Ich muss nur schnell zum Auto, gehen Sie schon mal rein, ich komm gleich wieder."

Du hast nur das Nötigste mitgenommen. Dein Land, deine Fotos, deine Kleider. Die Möbel hast du zurückgelassen. Ich laufe langsam durch deine Leere. Mache ein Bild aus der Küche von der Häuserwand, dem abgebröckelten Putz gegenüber. Rtschk. Spannen. Der Fleck hat die Form eines fliegenden Drachen. Ich habe ihn schon gesehen, als ich das erste Mal hier gestanden habe, und er verfolgt mich bis in den Schlaf. Vor ein paar Tagen habe ich noch davon geträumt:

Dahinter liegt ein langer Gang, der in eine Ebene zwischen deiner Decke und dem Fußboden der Wohnung über dir führt. Du nimmst mich an der Hand und ich folge dir immer weiter, bis wir schließlich in einen großen Saal gelangen. Der gelbe Parkettboden glänzt, ein riesiger Kronleuchter erhellt den Raum, in dem ein Steinwayflügel steht. Je näher wir ihm kommen, desto lauter wird die Musik. Es ist ein Walzer und du forderst mich zum Tanzen auf. Ich hebe den linken Arm, um dir die Hand zu reichen, du aber schüttelst den Kopf und sagst: Ich kann nicht führen. Augenblicklich verklingt die Musik, das Licht geht aus und ich stehe alleine im Dunkeln und finde den Weg nicht mehr zurück. Ich rufe nach dir, doch du bist verschwunden. Panik überfällt mich und ich laufe dorthin, wo ich die Tür zum Gang vermute, doch die Mauern sind glatt und verschlossen. Ich erwache von der Kälte unter meinen Händen, mit denen ich die Wand am Kopfende des Bettes abtaste.

Der Handwerker lässt die Farbeimer auf den Boden knallen und wischt sich den Schweiß von der Stirn.

„Schweinearbeit, dass kann ich Ihnen sagen! Totale Bruchbude. Wie die hier gehaust haben! Und dann abgehauen. Illegale, hundert pro. Wenn's nach mir ginge: Gar nicht erst reinlassen, das ganze Pack!"

Ich gehe, bevor ich mich vergesse. Nehme auf der Treppe nach unten zwei Stufen auf einmal. Raus hier, in großen Schritten über den Hof. Setze mich vor dem Haus auf einen Mauervorsprung und versuche, meine Gedanken zu ordnen. Meine rasende Angst in Grenzen zu halten.

Februar, Schneeregen. Ihr Rucksack war vollkommen durchnässt, die Hefte und Bücher an den Ecken feucht. Sie breitete die Sachen an ihrem Platz auf dem Tisch aus, war zu beschäftigt, um den neuen Mitschüler schon vor dem Unterrichtsbeginn zu bemerken. Sonst hätte sie an der Art, sich zu kleiden, seiner Haarfarbe und wohl auch an seinem selbstgefälligen Lächeln sofort gemerkt, woher er kam.

„Eduardo, stellst du dich der Gruppe kurz vor?“ Die Kursleiterin machte eine ausladende Handbewegung in die Runde.

„Gerne.“ Der Neue nickte, und noch bevor er erklärte, dass er Diplomat sei, warum er in Hamburg und nicht in der Berliner Botschaft seines Landes arbeite, beschleunigte sich ihr Puls und ihr Körper spannte sich an. Hab-Acht-Stellung, Feindkontakt. Er könnte sie erkennen. Am Namen, am Akzent, an der Tatsache, dass sie auf einer deutschen Schule gewesen war. Er könnte Fragen stellen, wissen wollen, am Abend mit seiner Mutter telefonieren, wie alle Kinder aus der Oberschicht jeden Tag mit ihrer Mutter telefonierten, selbst wenn sie längst erwachsen waren. Er könnte erzählen, dass er eine junge Frau aus derselben Stadt getroffen hatte und sie würde ihn nach ihr fragen, am Ende war es ein Mädchen aus gutem Hause, sie würden ihren Namen wissen wollen, ihn sofort erkennen und Stunden später wüsste ihre Familie wieder, wo sie war.

Sie musterte Eduardo unauffällig. Sein Vater wusste schon bei seiner Geburt, was er einmal werden würde, mit der richtigen Frau an seiner Seite und der nötigen Unterstützung einflussreicher Freunde bekam er entscheidende Posten in den wichtigsten diplomatischen Vertretungen und endete als Botschafter oder Minister. Lenkte dabei die Geschäfte seiner Familie und betrachtete die Welt als Puzzle, das nur darauf wartete, dass er die richtigen Teile an die richtige Stelle setzte. Zu allem Überfluss hatte er keinen Geschmack und würde auf dem Weg nach ganz oben sowohl das Auge als auch das Gehör seiner Mitmenschen mehr als einmal strapazieren. Es war gut möglich, dass er ihren Vater bereits kannte, ihm vorgestellt worden war, auf einer Cocktailparty unter Geschäftsfreunden.

„Hier, das ist Eduardo. Mein ganzer Stolz!" Dabei hätte ihm jemand mit der flachen Hand auf den Rücken geschlagen, dass er fast nach vorne gekippt wäre. Männerrituale. Während die Mütter auf der Terrasse saßen und ihren Töchtern mit langen Blicken bedeuteten, was sie zu tun oder zu lassen hatten. Frauenrituale. Hier war alles noch in bester Ordnung, hatte jeder Topf einen Deckel, der zu ihm passte, und wenn nicht, wurde er entsorgt. Vielleicht ging er schon bei ihren Eltern ein und aus. Die herrschende Klasse blieb immer unter sich. Selbst wenn sie amouröse Abenteuer in die Mittelschicht unternahm. Am Ende war er scharf auf ihre Schwester. Die in ihm durchaus den geeigneten Partner sehen konnte, um die

Ziele zu erreichen, die ihre Mutter ihr gesetzt hatte: Ein unabhängiges Leben hinter der Fassade einer glücklichen Ehe, drei gesunde Kinder und schließlich, sobald notwendig, eine erfolgreiche Schönheitsoperation.

Dies waren Momente, in denen sie sich zurück ans Gewehr wünschte, weil sie spürte, dass es gegen diesen minutiös programmierten Lauf der Dinge keine andere Waffe gab. Von klein auf geschulte Klassenroboter marschierten durch, ohne Rücksicht auf Verluste. Wenn man einen demontierte, stand der nächste schon bereit. Sie verfügten über die Ressourcen der Macht: Es gab keine Armen und Reichen, es gab nur Unterdrückte und Unterdrücker. Grundkurs Marx.

Selbst wenn er ihn nicht persönlich kannte, Eduardo musste wissen, wer ihr Vater war. Der das Gerücht von der Freilassung seiner Tochter bestätigt haben würde, die sich nun, zwecks Erholung und Fortsetzung ihrer Studien, an einem sicheren Ort befände. Dabei setzte er wohl das Gesicht des strengen, aber gerechten Patriarchen auf, der angesichts der großen Freude über die gute Nachricht seine Gefühle nicht ganz verbergen konnte, seiner Frau in einer Geste der ehelichen Verschwörung den Arm um die Schulter legte und öffentlich Gott dankte. Sie waren so mächtig, dass sie es nicht einmal nötig hatten, ihre drittklassigen Theaterstücke auf Unterhaltungswert zu überprüfen.

Eduardo durfte sie nicht erkennen, nicht von ihr erzählen. Nicht einmal in einem Nebensatz. Niemals. Als die Namensliste der Kursteilnehmer an sie weitergegeben wurde, damit sie, wie jeden Tag, mit ihrer Unterschrift ihre Teilnahme bestätigte, ließ sie das Blatt unauffällig in ihrem Heft verschwinden und packte es mit ihren übrigen Sachen in ihren Rucksack. Dann sah sie kurz in die Runde, betrachtete ein letztes Mal die Handvoll Menschen, die sie in dieser Stadt, in diesem Land mit Namen kannte. Die einzigen, mit denen sie hin und wieder einen Kaffee trank, ins Kino ging oder über das Wetter redete. Yoko, die Japanerin, deren deutscher Freund sagte, dass er sie liebe, sie aber nicht heiraten wolle, schon gar nicht wegen einer Aufenthaltsgenehmigung. Carl, der Schwede, der sich stundenlang lautstark über das ungerechte Schulsystem in Deutschland ärgern konnte. Maria, die Brasilianerin, die ein Projekt für Straßenkinder in São Paulo ins Leben gerufen hatte. Elena aus Russland, die einem deutschen Arzt nicht nur den Haushalt führte, um ihrer Tochter das Abitur in Deutschland zu ermöglichen. John, ein Germanistikstudent aus Edinburgh, der über einen deutschen Schriftsteller, den kein Mensch kannte, promovierte. Und Florence, die Französin, die abwechselnd mit ihr und Sonja flirtete. Sonja. Ihr verdankte sie die Hoffnung, diese Sprache, dieses komplizierte Konstrukt grammatikalischer Regeln und Ausnahmen, eines Tages vielleicht doch beherrschen zu können.

„Du kennst den Code. Was du damit machst, ist dein Problem. Er ist in deinem Kopf gespeichert und du kannst ihn jederzeit aktivieren, perfektionieren oder vergessen. Je öfter du ihn benutzt, desto besser wirst du. Es gibt nicht viele, die das System der deutschen Sprache wirklich verstehen. Du gehörst dazu. Eines Tages wirst du nicht mehr nachdenken müssen, du wirst einfach deutsch reden. Aber bis dahin musst du dir jedes gottverdammte Wort anschauen, als hinge dein Leben davon ab."

Sie würde es versuchen. Auch wenn sie keine Gelegenheit mehr hatte, es Sonja zu beweisen. Denn sie war im Begriff, einmal mehr zu verschwinden.

Ich bin erschöpft vor Sehnsucht. Du bist fort, ich bin hier. Mein Hier ist ein anderer Ort als dein Dort und uns verbindet nichts als die Bereitschaft, einander zu denken. Wenn ich damit aufhöre, bist du tot. Aufgelöst. Verschwunden in den Tiefen meines Unterbewusstseins. Statt auf dich könnte ich mich darauf konzentrieren, ein Sideboard für meine Wohnung zu suchen. Nicht irgendein Möbelstück, das von einem durchschnittlichen Designer an ein drittklassiges schwedisches Einrichtungshaus verhökert wurde, sondern einen Einrichtungsgegenstand, der zu dem Zweck entworfen wurde, formschön und funktional all den Dingen Platz zu bieten, die in meiner Wohnung schon zu lange heimatlos herumliegen. Ein Schrank für meine Sachen, was du für mich bist. Dich brauche ich, weil ich nicht weiß, wohin mit all den Gefühlen, die du in mir auslöst, weil ich mir einbilde, du könntest der ideale Aufbewahrungsort für all das in mir sein, das ich bisher habe verwahrlosen lassen. Ich kann nicht sagen, wie du beschaffen sein sollst, um mich zu beherbergen, aber von dem Sideboard habe ich genaue Vorstellungen. Es ist blau und hat nach unten hin verjüngte, vierkantige Füße. Es besteht aus drei Teilen: Zwei Türen, die sich weit öffnen und mit einem viereckigen Schlüssel verschließen lassen, es hat drei große Schubladen, untereinander aufziehbar. Es ist nicht besonders tief, es schmiegt sich an die Wand, als wäre es verliebt in sie. Es stört nicht, vorübergehend etwas darauf abzulegen: Bücher, Taschen, Zigaretten, Gläser. Im Gegenteil, es ist dafür gemacht, Ablage für Drittes zu sein, ohne an Anmut zu verlieren. Es steht allen Dingen offen.

Du bist anders. Du bist nicht aus Holz. Du bist ohne Verortung. Trotzdem hast du dich in mir festgesetzt als Lücke. Du hast mir dein Herz in die Hand gelegt und bevor ich die Finger darum schließen konnte, hast du es wieder fortgenommen. Jetzt greife ich ins Leere. Und doch spüre ich das Pochen, fühle die Hitze, die es hinterlassen hat. Die Tage werden kürzer, ihre Farbe reicht nicht, mich bunt zu fühlen. Meiner Welt fehlt dein Glanz. Die Nacht ist ein großes Bett, ein weißes Laken. Ich habe alles vergessen, was sich jemals auf meiner nackten Haut ereignet hat. Sie ist zu einem Feld der Fantasie geworden, das ich allein mit dir bespiele. Nichts weiß ich von deinem Atem. Nichts weiß ich von deinen Lippen. Nichts weiß ich von deinen Händen. Alles, was mir nicht passiert, geschieht mit dir.

Währenddessen ist die Stadt da draußen in Aufruhr, ein Mann läuft Amok. Die Frau, mit der er verheiratet ist, liegt mit zwei Kugeln im Bauch auf der Intensivstation. Seinem Sohn hat er im Schlaf einen gezielten Kopfschuss gegeben. Jetzt rennt er mit einer Knarre im Stadtwald herum und die Bevölkerung wird dazu aufgerufen, die Häuser nicht zu verlassen. Wie groß ist die Wahrscheinlichkeit, dass er dich auf einem deiner Streifzüge trifft?

Gering, denn du kommst unverletzt und müde gegen Abend.

„Hallo."

Ich verschütte Rotwein auf dir, um deine Kleider waschen zu dürfen. Gebe dir eins meiner Lieblingshemden und hoffe, du wirst es mir nicht zurückgeben. Ich lerne, dich zu halten. Gebe dir zu essen und zu trinken und schließlich mein Bett.

„Ich wollte heute Nacht sowieso bei einer Freundin bleiben, sie ist krank. Bleib doch einfach hier."

Packe eine kleine Reisetasche mit nichts und übernachte im Hotel. Liege wach in einem fremden Zimmer, lausche den Geräuschen meines nächtlichen Stadtviertels wie einer fernen Metropole und wünsche mir, dass du in meiner Badewanne liegst, dich mit einem meiner Handtücher abtrocknest und den Pyjama trägst, den ich dir hingelegt habe.

Deine Einsamkeit dringt in mich ein. Du willst nicht, dass ich deine Vergangenheit kenne, doch du suchst meine Gegenwart. Du hast aufgehört, ein Traum zu sein. Ich begreife, was es bedeutet, dass du aus Fleisch und Blut bist. Du kannst krank werden, einen Unfall haben, sterben. So leicht kannst du mir verloren gehen, ohne mich geliebt zu haben.

Ich erwarte dich nicht, als ich am nächsten Morgen zurückkomme. Mein Bett ist gemacht, die Wohnung aufgeräumt, die geliehenen Kleider ordentlich zusammengelegt. In der Küche steht eine Thermoskanne mit Kaffee, daneben eine Vase mit einer roten Rose.

Mir kommt ein Verdacht. Langsam gehe ich an meinen Schreibtisch, ziehe die oberste Schublade auf und öffne die kleine Schachtel, die obenauf liegt. Darin liegen fünfhundert Euro in Fünfzigern. Unberührt.

Ich schäme mich. Wie konnte ich dich bloß für eine Diebin halten?

Ausgerechnet der Diplomat hatte sie auf die Idee gebracht. Er wollte nach Berlin und musste in Hamburg bleiben. Dann würde sie eben Hamburg verlassen und nach Berlin gehen. Wenn sie den nächsten Monat in der Sprachenschule nicht mehr bezahlte, musste sie die Wohnung in ein paar Tagen sowieso aufgeben. Warum also nicht die Stadt wechseln? Sie würde sich eine neue Schule suchen, eine Prüfung ablegen, vielleicht gab es doch eine Möglichkeit, sich an der Universität einzuschreiben. Lidia. Wenn sie es schaffte, dass ihre Tante heimlich ihre Mutter überredete, die Zeugniskopien zu beschaffen, klappte es vielleicht. Es war ein dünner Faden, aber sie beschloss, seine Reißfestigkeit zu testen.

„Lidia? Hier wohnt keine Lidia."

Sie legte auf, wählte noch einmal die Nummer, hörte am Ende dieselbe, jetzt leicht gereizte Stimme eines Mannes. Sie drückte ihn weg, ohne sich zu entschuldigen.

Etwas war passiert. Lidia kündigte nicht einfach ihre Wohnung. Oder war sie zu Dave gezogen? Weshalb? Sie zerbrach sich einen halben Tag den Kopf, dann rief sie bei ihm an.

„Toni? Na, endlich! Ich dachte, dir ist etwas zugestoßen! Wo steckst du?“

„Wo ist Lidia?“

Dave zögerte, holte tief Luft und sagte: „Sie ist tot.“

„Was?“

„Sie wurde erschossen.“

„O Gott. Wann?“

„Eine Woche nachdem du abgereist warst. Ich habe versucht, dich zu erreichen, aber du bist ja offenbar nicht in Frankfurt.“

„Wer hat das getan?“ Ihr wurde schlecht, ihre Beine zuckten, sie musste sich anlehnen.

„Glaubst du, sie haben eine Visitenkarte hinterlassen?“ Dave klang verbittert, wütend. Aber er beherrschte sich, sprach leise. „Ein Raubmord. Dabei hatte sie keinen Cent Bargeld bei sich.“

„Wo ist es passiert?“ Sie sah Lidias Viertel vor sich, den Portier in der Eingangshalle des gepflegten Gebäudes, die Tiefgarage, das Auto, das Restaurant um die Ecke.

„In der Nähe ihrer Wohnung. Jemand muss ihr gefolgt sein. Ein Kopfschuss. Von hinten. Sie war sofort tot.“

Sie wusste nicht, was sie noch sagen sollte.

„Toni?“

„Ja?“

„Bist du okay?“

„Im Großen und Ganzen ja.“

„Brauchst du …?“

„Nein. Ich wollte nur … Es ist nicht so wichtig. Wie geht es dir?“

„Sie fehlt mir. Aber das Leben geht weiter.“

Sie wartete seine Gegenfrage nicht ab.

„Pass auf dich auf!“, war alles, was sie herausbrachte, bevor sie fassungslos auflegte. Sie wollte es nicht denken und dachte es doch. Was, wenn es eine Warnung an sie war? Waren sie hinter ihr her? Kopfschuss? Kein Raubmörder jagte seinem Opfer von hinten eine Kugel durch den Kopf. Viel zu überlegt. Zu blutig. Aber warum Lidia? Dachten sie, sie wusste es? Damit sie schwieg? Was, wenn sie Lidia liquidierten, um ihr, Toni, ein Zeichen zu geben? Oder übertrieb sie? Verlor jeden Bezug zur Wirklichkeit? Interessierte sich am Ende gar niemand mehr für sie? War ihr Schicksal ihnen am Ende so gleichgültig wie das von Encarna Ramirez? Deren Namen sie noch neulich in einer spanischsprachigen Tageszeitung gelesen hatte, als sich der Jahrestag ihrer Entführung näherte? Sie war von Anfang an dagegen gewesen.

„Man darf Menschen nicht einfach mit Gewalt entwurzeln, verschleppen und gegen ihren Willen festhalten!"

„Und was macht die Regierung? Was ist mit den Tausenden von Vertriebenen, die man aus ihren Dörfern jagt? Entwurzelt man die nicht? Was ist mit den Toten, die die Paras auf dem Gewissen haben? Hast du alles vergessen?"

Sie hatte den Kopf geschüttelt. Manuel war aufgestanden, dass ihn alle am Tisch hören konnten:

„Die Mafia kontrolliert 35 Prozent des Kongresses, sie besitzen Millionen Hektar Land. Warum? Weil sie dreieinhalb Millionen Menschen vertrieben haben und die Paras benutzen, Oppositionelle und Andersdenkende zu eliminieren. 15.000 Todesopfer, von denen man uns die meisten unterschieben will! Sie entführen und töten andauernd und kein Mensch regt sich darüber auf! Sollen wir hier sitzen und tatenlos zusehen?"

„Nein. Aber was erreichen wir, wenn wir einfache Leute entführen?" Toni hatte mit gedämpfter Stimme gesprochen, doch man verstand jedes einzelne Wort. Es herrschte Totenstille.

„Wir entführen keine einfachen Leute. Unsere Ziele sind strategisch und politisch geplant, um Druck auszuüben, Gefangene auszutauschen und Ressourcen aufzustocken."

„Encarna Ramirez ist eine Gewerkschafterin."

„Sie ist die Tochter des reichsten Viehhändlers des Landes."

„Ich bin die Tochter eines der reichsten Geschäftsmänner des Landes."

„Dann hätten wir dich wahrscheinlich auch schon entführt, wenn du nicht freiwillig zu uns gekommen wärst."

Alle am Tisch hatten erleichtert über Manuels Witz gelacht, dann das Thema gewechselt und Toni hatte sich gezwungen, den Mund zu halten und weiterzuessen.

Sie dachte oft an Encarna. Sie hatten zusammen Politik studiert, nach den Vorlesungen Joints geraucht und leidenschaftlich darüber diskutiert, wie sie die Gesellschaft verändern könnten. Sie hassten beide ihre Väter, sie fühlten sich beide berufen, etwas gegen die Armut und die Ungerechtigkeit in ihrem Land zu tun. Encarna hatte den bewaffneten Kampf schon damals vehement abgelehnt.

„Mit Schießen erreichen wir überhaupt nichts. Wir müssen sie mit ihren eigenen Waffen schlagen. Mit Worten. Mit demokratischen Mitteln. Richtig eingesetzt sind sie viel stärker als Kugeln und Bomben."

Encarna war nach dem Studium in die Gewerkschaft eingetreten und ihr Vater hatte gedroht, sie zu enterben. Als Antwort heiratete sie einen armen französischen Biologiestudenten.

Encarna war nicht der Feind. Encarna war wie sie. Bloß auf der richtigen Seite. Sie hatte herausgefunden, wohin man sie verschleppt hatte. In Erfahrung gebracht, was man mit ihr vorhatte. Und sie hatte mitgehört, was mit Encarna am 375. Tag ihrer Entführung geschehen war.

Warum hatte man Toni verschont, als man sie beim Spionieren erwischte? Weil Manuel sich an ihre gemeinsamen Nächte erinnert hatte? Nein. Weil er gerne mit dem Feuer spielte? Nein. Weil er am Ende wollte, dass sie es erzählte, weil er sie als Instrument benutzte? Eine Verräterin aus den eigenen Reihen, um ein Gerücht zu streuen, dass die Ernsthaftigkeit der Guerilla untermauern sollte? War alles abgekartet? Ihr Einsatz, ihre Flucht? Wer hatte eigentlich das Militär gerufen, das sie in letzter Minute rettete? Wer hatte dafür gesorgt, dass sie in ein Zivilistenkrankenhaus gebracht wurde? Drehte sie jetzt völlig durch? Erlag sie ihren eigenen Verschwörungstheorien? Nahm sie sich zu wichtig? Aber weshalb Lidia? Ein Zufall? Sie glaubte nicht an Zufälle. Wollten sie, dass sie aus dem Fenster springt? Wahrscheinlich. Jedenfalls war sie auf dem besten Weg dahin.

Sie ging zurück in ihre Pension und schaute vom vierten Stock auf die Straße, auf eine kleine Kreuzung in einem ruhigen Berliner Stadtviertel. Die Autos links und rechts der Straße waren ordentlich geparkt, die Menschen liefen auf den Gehwegen und schwenkten Eimer, trugen Taschen oder zogen Kinder hinter sich her. Ein normales Leben. Davon träumte sie. Eine der Frauen da unten wollte sie sein. Ein Fahrrad haben, vier Wände, in denen ein Bett stand, in dem nur sie schlief, eine langweilige Arbeit, für die sie jeden Morgen aufstehen und sich duschen musste. Vielleicht einen Menschen an ihrer Seite, der ab und zu ihre Hand nehmen und sagen würde: „Keine Angst, alles wird gut."

Oder wenigstens einen Fernseher, in dem sich fremde Menschen belogen.

Du sitzt im Dunkeln auf dem Treppenabsatz, lehnst an der Wand und schläfst. Neben dir steht ein Rucksack. Ich vermute dein Land darin. Ich kenne diese Szene aus Filmen. Einer weiß nicht wohin und schläft vor Erschöpfung vor der Tür eines Gutmenschen ein. Ich atme auf. Berühre dich leicht an der Schulter, du schreckst hoch. Du hast ein blaues Auge, deine Lippen sind geschwollen, du siehst aus, als wärst du in eine Schlägerei geraten.

„Ich bin's nur", sage ich und dann, so unspektakulär wie möglich: „Warum sitzt du denn auf der Treppe, hast du deinen Schlüssel vergessen?"

Du schüttelst den Kopf, richtest dich langsam auf, nimmst deine Tasche und wartest, bis ich die Tür geöffnet habe. Auch drinnen im Flur, nachdem du die Tasche abgestellt hast, frage ich dich nicht, was passiert ist, sondern ob du vielleicht duschen willst.

Du nickst. Sagst lange kein Wort. Nicht bevor du im Badezimmer verschwindest und auch nicht, als du mit angezogenen Beinen auf dem Sofa sitzt. Nicht vor dem Abendessen und nicht gleich danach. Erst nach unzähligen Zigaretten und einer Flasche Wein.

„Gefühle sind gefährlich."
„So gefährlich wie Geschichten?"
Du nickst.
„Warum?"
„Sie sind nicht sicher."
„Was ist schon sicher?"
„Tag. Nacht. Hunger. Kälte. Angst."
Die Kerze auf dem Wohnzimmertisch ist heruntergebrannt, und ich hole keine neue. Ich sehe zu, wie der Docht in Flammen steht, ein letztes Mal aufflackert und dann verlischt. Das letzte Mal habe ich im Dunkeln über Angst gesprochen, als ich auf Klassenfahrt war. Wir haben uns so lange schaurige Geschichten erzählt, bis keine mehr von uns schlafen konnte. Dann haben wir das Licht angemacht und die unsichtbaren Geister mit Kichern vertrieben. Das funktioniert mit zwölf, danach nicht mehr.
„Toni, was ist los?"
Du siehst an mir vorbei, als hättest du die Frage nicht verstanden.
„Komisches Wort. Los-sein. Klingt wie etwas zu verlieren."
„Hast du etwas verloren?"
Du nickst. „Alles."
Wir sprechen nicht darüber, für wie lange. Du stellst deine Reisetasche in das Gästezimmer, dein Land steht wieder auf einem kleinen Tisch, diesmal vor einem größeren Fenster, und wenn es hinaussehen könnte, würde es die fallenden Blätter beobachten können.
Wenn ich morgens zur Arbeit fahre, schläfst du noch. Du frühstückst nicht mit mir, ich glaube, du frühstückst überhaupt nicht. Ich weiß nicht, wovon du lebst. Du isst alles, was ich dir auf den Küchentisch stelle, und wenn ich es nicht tue, isst du nichts. Jedenfalls nicht mit mir. Am

Abend ist das Geschirr gespült, der Boden gewischt, das Bad geputzt, meine Wäsche gewaschen und überall riecht es nach Zitrone. Nach dir riecht es nicht. Du bist kaum da. Kommst spät, schließt die Tür leise auf und versuchst, keinen Lärm zu machen. Dabei liege ich wach und warte auf dich. Während du versuchst, dich an meinen Träumen vorbeizuschleichen.

Wenn du fort bist, suche ich in deiner Reisetasche nach Indizien. Nach Fotos, Briefen, Aufzeichnungen. Nach Anzeichen einer Vergangenheit oder vielleicht einer Zukunft. Das macht man nicht, aber ich tue es trotzdem. Nichts von dir zu wissen, macht mich krank. Doch mein Vertrauensbruch nützt nichts. Ich finde weder Geld, noch Papiere, noch ein Tagebuch. Hätte ich es gelesen? Wäre ich so weit gegangen? Ich fühle mich wie eine Einbrecherin, wie ein Eindringling in meiner eigenen Wohnung. Und gleichzeitig wie eine betrogene Ehefrau, ausgenutzt und hingehalten. Hatte ich mir vorgestellt, dass du mich für die freie Kost und Logis mit einer Verführung belohnst?

„Kann ich dir irgendwie helfen?"

„Du bist doch schon eine große Hilfe."

Natürlich bin ich dir eine Hilfe. Ich lasse dich meine Wohnung putzen und dafür hast du ein Dach über dem Kopf.

„Brauchst du Geld?"

Du schüttelst den Kopf.

„Was brauchst du denn?"

Du schweigst und siehst mich geradewegs an. Deine Augen füllen sich mit Tränen, aber du wendest den Blick nicht von mir ab. Du willst, dass ich sehe, wie verzweifelt du bist. Du willst, dass ich dir keine Vorwürfe mache.

Ich lege meine Hände auf deine Hände, die auf der Tischplatte liegen, als hättest du sie dort vergessen.

Streiche mit den Fingerkuppen über deine fehlenden. Ich will dich schon lange danach fragen. Vielleicht ist jetzt nicht der richtige Augenblick, aber es könnte der einzige sein.

„Was ist damit passiert?"

„Sie waren im Weg."

Ich nehme meine Hände von deinen und ziehe mir den goldenen Ring vom Finger. Mein Name ist darin eingraviert, obwohl nicht ich, sondern meine Großmutter damit gemeint war. Doch das brauchst du nicht zu wissen. Ich will dir den Ring an den kleinen Finger stecken, aber du schüttelst den Kopf und zum ersten Mal verlierst du die Beherrschung. Deine Finger zittern, als du den Ring wieder abstreifst und ihn auf die Tischplatte legst. Bevor ich deine Tränen sehen kann, nimmst du beide Hände vor das Gesicht und versteckst es vor mir. Dein Körper bebt, du versuchst das Schluchzen wegzuschlucken, musst husten und dazwischen murmelst du unverständliche Worte. Ich stehe auf, stelle mich hinter dich, um dich zu halten, wie man schluchzende Kinder hält. Beuge mich zu dir hinunter und rede mit leisen, unsinnigen Beschwörungsformeln auf dich ein.

Allmählich beruhigst du dich. Ich schiebe dir ein Taschentuch hin, bringe dir eine Decke. Setze Wasser auf. Nie habe ich weniger gewusst, was es bedeutet, Freundin zu sein. In meiner Welt ist Tee kochen und abwarten ein Weg, sich Problemen zu stellen. Wer weiß, ob es für dich nicht ein Affront ist.

Ich greife zu deinem Tabakpäckchen.

„Du rauchst?"

Ich zucke mit den Schultern, drehe mir mit zitternden Fingern die erste Zigarette seit zehn Jahren und nach dem ersten Zug wird mir schwindelig. Muss mich setzen.

Ich schaue dich an und sehe dir herzklopfend meine Gedanken in den Kopf.

„Ich kann nicht mehr“, sagst du leise und starrst Löcher in die Tischplatte.

Die Sprachschule in Berlin war kleiner als die in Hamburg, doch ihre Mitschüler waren eine ebenso bunte Mischung aus leicht verwirrten Erwachsenen, die sich benahmen wie Kinder. Ein durchschnittlich sprachbegabter junger Erwachsener unter dreißig, so stand es in einem ihrer Grammatikbücher, war in der Lage, pro Tag maximal fünfundzwanzig neue Vokabeln zu lernen. Multiplizierte man das mit der Anzahl der Tage eines gewöhnlichen Sprachreisevisums, kam man auf etwa viereinhalbtausend Worte. Damit ließ sich eine Menge sagen. Es war nur eine Frage des Wie. Sie fühlte sich oft als Besucherin eines überdimensionalen Wörterbuchs. Umgeben von Buchstaben, Wörtern und Erklärungen schlug sie sich durch ein Labyrinth von Möglichkeiten, von denen sie die wenigsten gebrauchen konnte. Sie lernte, sich im Passiv auszudrücken, wenn der Täter fehlte, aber in ihren Sätzen war immer jemand schuld. Sie konnte ihre Wünsche im Konjunktiv äußern, doch ihre Wünsche waren zu unrealistisch, um sie bloß zu denken. Sie konnte Vergangenes in drei Zeiten ausdrücken, doch sie wollte vergessen, was war. Eigentlich benötigte sie nur das Aktiv Präsens, doch im Grunde stand ihr Leben still. Verstehen konnte sie alles, die Tageszeitung problemlos lesen, selbst schwierige Artikel über internationale Politik und Wirtschaft in anspruchsvollen Wochenzeitungen, in denen sie in der öffentlichen Bibliothek blätterte:

„Die Guerilla setzt auf Entführungen, um Verhandlungen zu erzwingen. Ihr Kommandant versichert, dass Encarna Ramirez lebt und dass es ihr gut geht. Sie sei eine sehr intelligente und interessante Frau, die wie alle Gefangenen auf die Einsicht der Regierung hoffe und darauf, dass der Präsident sich endlich auf einen Gefangenenaustausch einlasse. Die 9-Jährige wolle natürlich freikommen."

Toni las den Bericht mit Herzklopfen, hörte Manuels Stimme, roch die feuchte Erde. Es regnete und die Pflanzen streckten gierig ihre Blätter aus, um die Feuchtigkeit aufzusaugen. In den Hütten hörte man die Wassertropfen auf die Blechdächer trommeln, draußen gingen Paula, Esperanza und Pablo in unförmigen Regenmänteln ihren Beschäftigungen nach.

Neben dem Artikel war ein Bild von Encarna. Sie war zum Symbol für alle Geiseln geworden, darauf waren nicht wenige eifersüchtig. Nicht zuletzt die Entführer selbst. Es schien fast so, als brauchten alle Seiten diese kleine Frau, bestand geradezu ein Zwang, über sie zu reden, über sie zu verhandeln, sie in Zeitungen abzubilden. Als glückliche Ehefrau und leidenschaftliche Rednerin, als müsste man nur ihren Namen nennen und schon passte ihr Gesicht in das jeweilige Dogma: für die einen Täterin, für die anderen Opfer.

Und sie? Sie saß in einem öffentlichen Lesesaal in einem fremden Land und las einen Zeitungsbericht darüber, als ginge sie das alles nichts an.

Wie lange war es her, dass einer der Gefangenen verzweifelt geschrien hatte:

„Warum ich? Was habe ich euch getan? Warum meine Familie?"

Manuel war aufgestanden und hatte ihm die Hand auf die Schulter gelegt.

„Sie gehören zur herrschenden Klasse. Wegen Leuten wie Ihnen konnte ich als kleiner Junge nicht die Schule besuchen, hatte Hunger und mussten meine Geschwister sterben, weil es keine Medikamente gab. Wegen Leuten wie Ihnen hatte ich keine andere Wahl, als dieses Leben an der Waffe zu führen und wegen Leuten wie Ihnen werde ich niemals eine Familie haben und irgendwo im Kampf sterben, ohne dass jemand um mich weint. Sie haben keinen Grund zur Klage. Sie haben ein paar anstrengende Monate vor sich. Das ist nichts im Vergleich zu einem Leben im Elend."

Der Gefangene hatte augenblicklich aufgehört zu toben und gefragt:

„Und Sie lassen mich ganz sicher wieder frei?"

Manuel hatte genickt, gelächelt:

„Was denkst du denn, Mann?"

Er war tatsächlich einige Monate später gegen eine riesige Lösegeldzahlung freigekommen. Als anderer Mensch. Als gebrochener Mensch? Als geläuterter Mensch? Auf jeden Fall traumatisiert. Er würde nie wieder einfach in ein Auto steigen, nachdem er an einer Kreuzung aus seinem brutal herausgerissen worden war. Nie wieder das Geräusch fallenden Regens auf nasse Erde als etwas anderes verstehen als die Melodie der Verzweiflung. Nie wieder vor Müdigkeit einschlafen können und nie wieder aufwachen ohne die Angst, an einem anderen Ort zu sein als zu Hause.

Heute ging es bei den Entführungen nicht mehr nur um Geld. Heute ging es um das Prinzip. Darum, den Präsidenten zu Verhandlungen zu bewegen. Darum, sich selbst zu legitimieren und einen Kampf, der aussichtslos war, weil das System ihn längst zu einem Teil seiner selbst gemacht hatte. Die Figuren in dem Spiel wurden wie von Geisterhand hin und her bewegt. Und ob sie tot oder lebendig waren, interessierte niemanden mehr, solange die Geschichten, die durch sie erzählt werden, weiterexistierten.

Toni schrieb sich für drei Monate in der Sprachschule ein, bezahlte und steckte die Teilnahmebestätigung in einen Umschlag, um sie in den nächsten Tagen zur Ausländerbehörde zu bringen. Sie musste sich melden.

„Hast du einen Augenblick Zeit?“ Ulrike sprach sie im Hinausgehen an.

„Ja, warum?“

„Ich möchte ganz gerne wissen, wen ich unterrichte. Hast du Lust auf einen Kaffee? Ich habe eine halbe Stunde Pause. Komm, ich lade dich ein.“

Sie wollte nicht unhöflich sein. Sie gingen in ein kleines Bistro und standen sich an einem hohen Tisch gegenüber.

„Der Kaffee schmeckt grottenschlecht, ist aber sonst nichts in der Nähe.“

„Für mich ist er gut.“

„Wo hast du so gut Deutsch gelernt?“

„In der Schule.“

„In welcher Schule?“

„In einer deutschen Schule.“

„Das erklärt deine gute Aussprache. Sie ist hervorragend. Aber wer hat dir die Grammatik beigebracht? Du sprichst fast fehlerfrei. Was willst du noch lernen?“

Toni lächelte. „Danke. Aber perfekt bin ich noch lange nicht."

„Das habe ich auch nicht gesagt. Aber du hast Talent. Du lernst schnell."

„Ich mag Sprachen." Sie konnte diesen Satz im Schlaf. Hohle Phrasen, tausendmal aufgesagt.

„Und wie lange bleibst du im Kurs?"

Toni zuckte mit den Schultern. „Drei Monate. Vielleicht länger."

„Wovon hängt das ab?"

„Davon, wie viel Geld ich habe."

„Suchst du einen Job?"

„Ja, bald."

„Und was willst du machen?"

„Ist egal. Hauptsache, Geld verdienen."

„Und was willst du später machen?"

Auch diese Frage hatte sie schon so oft gehört, dass sie die Antwort darauf sofort parat hatte. Um die Folgefrage mit einer Gegenfrage beantworten zu können. Deutsche waren einigermaßen berechenbar.

„Philosophie studieren."

„Warum ausgerechnet Philosophie?"

„Warum nicht?"

„Weil man als Philosophin wahrscheinlich nicht so einfach eine Arbeit findet."

„Möglich."

„Falls du vorher ein bisschen Geld verdienen willst, schau doch mal ans schwarze Brett in der Schule, da hängen immer kleine Jobs aus. Die Leute sind ganz in Ordnung, oft haben sie selbst mal eine Sprache im Ausland gelernt."

Sie war froh, als das Gespräch vorbei war. Jedes Mal fühlte sie sich unsicher, fürchtete, ertappt zu werden, ohne wirklich zu wissen, wobei.

Ich sage alle Termine ab. Noch einmal läufst du mir nicht davon. Du wartest darauf, dass ich die Wohnung verlasse, ich aber bleibe einfach in der Küche sitzen und trinke die dritte Tasse Kaffee. Fühle mich wie im Abenteuerurlaub. Privater Robinson Club und die Animateurin ist krank. Die Gäste haben endlich Ferien und so viele Plastikperlen zum Bezahlen, wie sie wollen. Vor so viel Freiheit fürchten wir uns in unseren schlimmsten Träumen.

Du setzt dich zu mir. Am Tag bewegst du dich anders als in der Nacht. Als hättest du zwei Körper: einen für die Dunkelheit, einen anderen für die Helligkeit. Ich möchte beide berühren.

„Gehen wir spazieren?", fragst du in mein Begehren hinein.

Neben dir ist die Stadt ein fremdes Land. Die Leute sehen mich anders an. Du ziehst die Blicke auf uns. Deine Augen leuchten, du bist schön. Die Männer schauen dir nach und die Frauen reden über dich. Nirgends fällst du nicht auf. Mir gefällt das, ich bin stolz, dass ich es bin, die neben dir hergehen darf. Ich sehe den Neugierigen direkt in die Augen. Du nicht. Du weichst den Blicken aus, tust so, als berührten sie dich nicht, als gingen sie durch dich hindurch. Du führst mich an den Kanal, zur Hinterseite des Zoologischen Gartens. Wir laufen an Minipinguinen vorbei, die sich mit Pelikanen einen verdreckten Teich teilen, und stinkenden Hyänen, die blutige Fleischklumpen hin- und herschleppen. Dann bleibst du plötzlich stehen und deutest auf den Zaun. Ich sehe zuerst nichts und dann, auf einem abgesägten Baumstumpf, einen riesigen Vogel mit abgewinkelten Flügeln.

„Ein Kondor", sagst du und rufst dem Tier etwas auf Spanisch zu.

Es reagiert nicht.

„Vielleicht spricht er deutsch?"

Du lachst und drückst meine Hand. Der riesige Vogel bewegt sich ein wenig, tritt von einem Fuß auf den anderen, dann öffnet er seine Schwingen. Er fliegt nicht, er flattert auf der Stelle und seine aufgeklappten Flügel scheinen schwer zu wiegen. Mit seinem Schnabel hackt er sich in den Federn herum, dann klappt er die Flügel wieder ein, als hätte er es sich anders überlegt, und starrt weiter auf den sandigen Boden. Ein Stück weiter weg, auf einem zweiten, etwas höheren Baumstumpf, sitzt ein kleinerer Kondor. Er rührt sich nicht.

„Früher waren sie Latinos", sagst du.

„So wie du?", frage ich.

Du nickst und deutest hinüber zu dem riesigen regungslosen Tier.

„Jetzt sind sie Deutsche."

„Na ja. Deutsche Gefangene. Sie können nicht weg, ihre Flügel nützen ihnen nichts."

„Sie sind mit dem Zoo verheiratet."

„Zwangsverheiratet", sage ich und deute auf den Zaun.

„Besser als tot."

Es dauert den ganzen Nachmittag, bis ich es verstehe. Wir liegen an der Böschung am Wasser und du erklärst es mir mit ausladenden Gesten und vielen Fachwörtern, die man wohl lernt, wenn man versucht, eine Lücke im System zu finden: Sprachreisevisum, befristeter Aufenthalt, Staatsbürgerschaft, Abschiebung, Aufenthaltserlaubnis, Arbeitsbewilligung. Du klingst plötzlich wie eine Rechtsanwältin mit Spezialisierung auf Ausländerrecht. Wie eine, die alle Möglichkeiten in Betracht zieht und die einzig richtige Entscheidung trifft.

„Ich muss heiraten, wenn ich bleiben will", sagst du ernst.

„Hast du denn schon jemanden im Auge?", frage ich und zeige dabei auf meine Pupillen, damit du auch wirklich verstehst, was ich meine.

Dein Blick löst sich nur langsam von dem Kondor. Ohne dich mir zu nähern, streckst du den rechten Arm aus, streichst mir über die Wange und mit den Fingern über die Lippen.

Ich will dich auf der Stelle umarmen, küssen, mit dir schlafen.

„Nein."

„Das ist gut."

„Warum?"

„Ich will nicht, dass du irgendeinen heiratest."

„Warum?"

„Weil ich meine Putzfrau nicht verlieren will."

Wie du die Augenbrauen hochziehst, ohne zu lächeln. Wie du deine Finger zur Faust zusammenschließt und die Gelenke knacken lässt. Vielleicht sollte ich keine Witze machen.

„Was kann ich für dich tun?"

„Nichts."

Schon auf dem Rückweg nach Hause verliere ich dich, obwohl ich deine Hand noch immer in meiner spüre. Kälter als zuvor, haltloser.

Einmal mehr sitzt du versteinert in meiner Küche und allmählich werde ich wütend. Gehe nervös auf und ab und hätte nicht übel Lust, die Tür zu knallen. Dafür müsste ich aber gehen und wahrscheinlich würdest du nicht einmal verstehen, wieso ich es täte. Wie du wahrscheinlich nichts von dem verstehst, was ich dir nun an den Kopf werfe.

„Nichts? Hast du schon alles bekommen von mir, was du brauchst? Einen vollen Kühlschrank und eine gute Adresse? Willst du hier auf deinen Traumprinzen warten? Soll ich dir vielleicht noch ein Doppelbett ins Zimmer stellen?“

Du willst aufstehen. Ich stelle mich hinter dich, drücke deine Schultern unsanft nach unten.

„O nein. Du bleibst jetzt hier sitzen. Rennst nicht wieder weg. Glaubst du, mir ist egal, was mit dir passiert?“

Ich lasse meine Hände auf deinen Schultern liegen, fühle deine angespannten Muskeln unter dem Fleisch. Du bist auf dem Sprung. Du starrst auf die Tischplatte, deine Handflächen auf den Oberschenkeln, bereit, dich jeden Augenblick in den Stand zu drücken. Du wärst immer stärker, immer schneller als ich. Du würdest ohne Fesseln niemals gegen deinen Willen bleiben. Das T-Shirt bedeckt deinen Nacken nicht, wie von selbst beginnen sich meine Fingerkuppen zu bewegen, streichen sanft über die nackte Haut. Lose Worte schießen mir in den Kopf, doch statt sie zu flüstern, schicke ich sie wieder fort, kreisförmig kommen sie wieder und ich denke sie mit geschlossenen Augen, während meine Fingerspitzen Millimeter für Millimeter deinen Hals hinauf, deinen Nacken entlang und über deine Schulter wandern und ich nach jedem winzigen Stück Weg eine Tretmine erwarte.

Ich will dich.

Du atmest ruhig weiter. Habe ich dich jemals unruhig gesehen? Erträgst du meine Berührungen stoisch, weil du es dir nicht verspielen willst, mit mir, bin ich es nun, die deine Hilflosigkeit ausnutzt? Gibt es das in deiner Vorstellung überhaupt: mich zu begehren? Ich lasse meine Finger wieder auf deinen Schultern ruhen, will einen Schritt zurückgehen, als deine Hände von beiden Seiten meine Beine umfassen und mich zurückziehen.

Mein Herz klopft schneller. Wie weit kann ich noch gehen, wie weit kommst du mit, wo ist die Grenze? Mein Blick fällt auf den Wandkalender. Seit Wochen habe ich das Blatt nicht mehr gewendet, das Datum nicht mehr wirklich wahrgenommen, der Sommer ist vorbei und ich habe es nicht bemerkt. Bewege mich in gleichmäßiger Hitze, die mich für jede Art von Wetter unempfänglich macht. Deine Hände halten an mir fest. Ich riskiere es. Streife mit den Lippen deinen Hals. Du legst den Kopf nach hinten, ich umfasse dich, berühre flüchtig deine Brüste.

Wir sehen uns an. Verkehrt herum.

„Darf ich dich küssen?"

Sie übernahm die heruntergekommene, winzige Wohnung von einem Kenianer, der sie zuvor von einem Iraner übernommen hatte. Noch immer stand sein Name an der Klingel, derselbe, den sie auf den Einzahlungsschein schrieb, wenn sie die Miete auf dem Postamt einzahlte. An jedem 30. eines Monats, auf keinen Fall später, sonst würde es Ärger geben. Sagte der Kenianer. Er hatte ihr den laut brummenden und kaum kühlenden Kühlschrank überlassen, ein Regal und zwei Paletten mit einer durchgelegenen Matratze, die sie weggeworfen hatte. Sie kaufte sich eine billige neue und einen teuren Schlafsack. Dann fing sie an, sich aus Stoffresten, die sie überall aufsammelte, auswusch und auf einer Leine in der Küche trocknete, einen Bettüberwurf zu nähen. Sie kehrte zur Improvisation zurück. Armut machte erfinderisch. Der Tisch stand, kurz nachdem sie eingezogen war, auf der Straße. Sie holte ihn nach Einbruch der Dunkelheit und stellte die Dose mit der Erde darauf. Sie vermisste dieses kaputte Stück Land, das nach ihr gegriffen hatte wie nach einer schönen Blüte, sie in der Nacht aufgebrochen, ihre unreife Frucht geerntet und schließlich wie ein ausgekautes Kokablatt beinahe angewidert ausgespuckt hatte. Trotzdem hatte sie ein Ziehen in der Brust, wenn sie an ihre Stadt dachte, an ihre Mutter, die nicht ihre Mutter war, an ihre Schwester, die inzwischen eine junge Frau sein musste, und selbst wenn sie sich ihren Vater in Erinnerung rief, der ihr das Leben zur Hölle machen würde, wenn er wüsste, wo sie war. Sie hatte Sehnsucht nach den Tagen, an denen sich die Jahreszeiten die Hand gaben. Nachts war es kalt, am Morgen frisch, am Mittag heiß, am Nachmittag warm und am Abend kühl. Und auch der Dschungel schlich sich als melancholischer Besucher in ihr Herz, gaukelte ihr schöne Bilder vor, die nichts mehr gemeinsam hatten mit den schlammigen Tagen endloser Rastlosigkeit. Plötzlich, inmitten des deutschen Frühlings, der Berlin in gleißende Farben tauchte, der den Himmel mit einem augenbetörenden Blau tränkte, sehnte sie sich nach dem prasselnden Regen im dichten Urwald, nach den süßen Maisfladen zum Frühstück und dem dickflüssigen Bohneneintopf am Abend. Nach Guavensaft und Mangos, nach dem schweren Duft von nebliger Hitze, nach dem klebrigen Schweiß zwischen rauem Stoff und weicher Haut, nach den Klagerufen wilder Vögel in der Dämmerung, nach offenem Feuer, nach dem Knistern, nach Paula, nach Sex. Sie sehnte sich danach zu sprechen, ohne nachzudenken. Den Mund zu öffnen und Worte über die Lippen zu schicken, die sich in ihrem Innern auf dem Weg nach draußen nicht verbogen. Sie wollte lachen, weinen, leben. Sie hatte Heimweh.

Der Dollarscheinstapel schrumpfte bedenklich. Bald würde sie die nächste Rate in der Schule bezahlen müssen, die Wohnung war auf Dauer zu teuer, auch wenn es eine Bruchbude war. Sie brauchte einen Job.

Seit Tagen trug sie den kleinen Zettel mit sich herum, den sie heimlich vom schwarzen Brett entfernt hatte, damit niemand anderes anrufen konnte, solange sie es sich noch überlegte.

Suche zuverlässige, unkomplizierte Putzhilfe für Singlehaushalt, gern spanischsprachig. Einfach anrufen & nach Katharina fragen: 0176 – 08563

Zwei Tage später ging sie in ein Internetcafé, in dem man auch telefonieren konnte.

„Jahnke?"

„Hallo. Ich möchte gerne mit Katharina sprechen."

„Das bin ich. Was kann ich für Sie tun?"

„Ich rufe an, wegen dem Putzjob."

„Wegen welchem Putzjob?"

„In meiner Sprachenschule hängt ein Zettel ..."

„Ach so, ja. Entschuldigung, das hatte ich ganz vergessen. Den hat ein Freund von mir dort aufgehängt. Haben Sie denn Interesse?"

„Ja."

„Wollen Sie vielleicht einfach mal vorbeikommen und meine Wohnung anschauen?"

„Ja."

„Also ich wohne in der Kirchstraße 106. Das ist gleich am S-Bahnhof Bellevue."

„Okay. Und wann?"

„Morgen? Warten Sie. Ich muss mal in meinen Terminkalender schauen. Ja, morgen wäre gut oder am Donnerstag. Entweder ganz früh morgens um acht oder am späten Nachmittag ab achtzehn Uhr."

„Morgen um achtzehn Uhr?"

„Prima. Sie müssen bei Jahnke klingeln."

„Jahnke, okay."

„Sagen Sie mir noch Ihren Namen?"

„Toni."
„Schön, Toni, dann bis morgen um sechs!"
Nette Stimme. So einfach ging das also.

Du liegst neben mir. Ich wage nicht, mich zu bewegen, aus Angst, du könntest erwachen und dich erschrecken vor mir. Bereuen, dass du dich hast gehen lassen, führen lassen in mein Schlafzimmer, bis zu meinem Bett, auf die Haut und darunter.

„Katharina", flüsterst du und rollst dabei das R, wie du es sonst versuchst zu vermeiden. Ich nenne dich nicht beim Namen, ich küsse dich ungenannt, jenseits von Bestimmung. Du bist nichts als der Mund, den meine Lippen suchen.

Jetzt ist er leicht geöffnet, dein Kopf bewegt sich unruhig hin und her, du träumst, du stöhnst leise und ich lege dir die Hand auf die nackte Schulter.

„No, no quiero volver ... Déjenme ..."

Wohin willst du nicht zurück? Wer soll dich in Ruhe lassen?

Dies ist der Moment, in dem ich den Abgrund zwischen uns spüre. Liebe ist nicht so stark, wie sie tut. Liebe ist zerbrechlich und schwach. Sie ist empfindlich und anfällig. Hier, an deiner nackten Schulter, weht der kühle Atem alter Angst, die Erinnerung an alles, was Liebe nicht zu verhindern mag – das Leid, die Bitterkeit und der Vorsatz: nie wieder. Hier an deiner nackten Schulter rieche ich die Front zwischen dir und mir, den Krater zwischen deiner Sprache und meiner, dieses Loch in deinem Herzen, die versunkene Stadt, die du bist, dieses Rätsel, das du mir nicht stellst, vielleicht aus Furcht, ich könnte es lösen.

Dein Haar riecht nach feuchter Erde und Wald. Mein Körper lodert noch immer und ich taste nach deinen Händen. Sie sind fort. Du hast sie hinter dem Rücken verschränkt, auf dem du liegst, und ich ahne, was du mit dem Kondor gemeinsam hast.

Will dich wecken und fragen, was das für eine Zukunft ist, die vor uns liegt. Wirst du wieder davonlaufen, auch jetzt, nachdem du mit offenen Augen in mich eingedrungen bist, als wolltest du dich in mir verstecken?

Lege meinen Kopf an deine Hüften, dorthin, wo deine Hände hinter dem Rücken verschwinden. Ist das Glück? Diese Leichtigkeit, mit der mein Körper an dir Anlehnung findet, diese perlende Unruhe, die mich nicht ruhen lässt, der Geruch deiner Haut, die leisen Geräusche deines Schlafs. Das Territorium, das du bist, besetze ich auch in der Nacht nur unbemerkt, entzünde kein Feuer, lösche die Glut. Wärme mich an dem Blut, das durch deine Adern fließt und folge der Bewegung deines Atems. Du lebst für mich mit. Ich liebe für dich mit.

Allmählich wird Tag, die Konturen des Schornsteins auf dem Dach von gegenüber werden schärfer, die Ränder prägen sich wieder deutlicher ein. Davon verstehe ich etwas, ich habe immer nur am Rand gelebt. In der Peripherie, weit genug entfernt vom Epizentrum jeden menschlichen Bebens. Mit dir ist das unmöglich. Du beanspruchst den Mittelpunkt. Während du selbstvergessen deine Kreise ziehst, kreise ich um dich und stoße auf mich selbst.

Bleib, will ich sagen. Liebe mich, bis dass der Tod. Und erschrecke.

Es wird ein schöner Herbsttag werden, der Himmel färbt sich blau. Ich sehe die losen Blätter an der Kastanie im Hof über deinen Bauch hinweg. Er ist flach und muskulös, hebt und senkt sich regelmäßig und mit ihm die kleinen Härchen, die brachliegen, als wäre ein Orkan über sie hinweggefegt. Vorsichtig lege ich meine Hand darauf und im selben Moment schreckst du hoch, umfasst blitzschnell mein Handgelenk und wirfst mich auf den Rücken. Dabei kugelst du mir fast die Schulter aus.

„Spinnst du? Hör auf, ich mach doch gar nichts!"

Statt aufzuhören, kniest du dich auf meinen Rücken und ich denke, dass du den Verstand verloren hast. Tust mir weh, schiebst meine zusammengepressten Hände weit nach oben.

„Aua!"

Dann plötzlich lässt du los. Kommst zu dir. Beugst dich über mich, küsst meinen Hals, streichelst meine Schultern.

„Mierda! Estaba soñando. Perdóname. Te hice daño?"

„Nein, du hast mir nicht wehgetan, na ja, doch, ein bisschen. Schon in Ordnung. Ich bin nur erschrocken."

„Ich dachte, du bist ..."

Ich drehe mich um, setze mich auf und versuche, dir in die Augen zu sehen.

„Du dachtest, ich bin wer?"

Du ziehst die Beine an und umfasst sie mit den Armen. Der Schweiß steht dir noch auf der Stirn, aber du zitterst vor Kälte. Ich lege dir die Decke um und halte dich fest. So sitzen wir, bis es taghell wird.

Solche Dinge gab es nicht, und wenn es sie doch geben sollte, dann konnte sie gerade jetzt die Liebe auf den ersten Blick am wenigsten brauchen. Aber sie musste ständig daran denken. Wie sie ihr die Tür geöffnet hatte, ihr die Hand gab, wie sie sagte:

„Hallo, ich bin Katharina. Wollen wir uns duzen?"

„Kein Problem."

Immer wieder spulte sie denselben Film ab: Wie sie ihre Wohnung betrat, den Geruch in sich aufnahm, sich umschaute und dachte: schön hier. Nein, mehr noch. Wie sie dachte: endlich. Sie hatte sich gefühlt, als wäre sie angekommen. Absurder Gedanke. Sie kannte die Frau nicht einmal. Eine deutsche Akademikerin, die sich am Kapitalismus eine goldene Nase verdiente und sich eine Dritte-Welt-Putzfrau leistete. Eine obere Mittelschichtlerin, an der ihr alles gefiel: ihr Name, ihre Stimme, ihre Augen.

Sie mussten nicht lange verhandeln, sie hatten eigentlich gar nicht verhandelt. Sie redeten nicht einmal über Geld. Es war einfach klar, dass sie den Job bekam.

„Wann soll ich denn kommen?"

„Ich weiß nicht. Ich gebe dir einen Schlüssel und du kommst, wann du willst. Ich gehe um halb neun aus dem Haus und komme frühestens um sechs wieder. Außer am Wochenende. Aber du willst ja wahrscheinlich nicht am Samstag kommen, oder doch?“

Als sie eine halbe Stunde später, nachdem ihr Katharina die Wohnung, die Putzmittel und die wichtigsten Haushaltsgeräte gezeigt hatte, die Treppen des gepflegten Altbaus hinunterging, konnte sie es noch immer nicht fassen. In ihrer Tasche klimperten zwei Schlüssel, die von einer großen Büroklammer zusammengehalten wurden. Wie kam jemand auf die Idee, einer Wildfremden ihren Wohnungsschlüssel auszuhändigen? Glaubte sie an das Gute im Menschen? Lag es an den zehn Sätzen, die sie auf Spanisch gewechselt hatten, mit denen Katharina sie verblüffte?

„A propósito: yo hablo español.“

Sie war so perplex, dass sie erst später gefragt hatte, woher sie Spanisch konnte und stattdessen drauflos plauderte, als wären sie alte Freundinnen. Und nun hatte sie ihren Wohnungsschlüssel und sollte bei ihr putzen.

„Hast du schon mal eine andere Wohnung geputzt? Ich hab mir so mein Studium finanziert. Aber das ist schon eine Weile her.“ Sie lachte Toni an. Ihre Mutter würde jetzt den Kopf schütteln und sich fragen, warum man der reichen Deutschen als Kind keine Zahnspange verpasst hatte.

„Ich mache das schon länger.“ Sie erzählte nicht, dass es keine Wohnungen mit Zentralheizung und Doppelglasfenstern gewesen waren, sondern schiefe Hütten, deren Türen sich durch die Feuchtigkeit verzogen, provisorische Essplätze und Zelte, manchmal auch Baracken, in denen sie schliefen. Im Dschungel putzte man nicht, im Dschungel desinfizierte, kehrte, verjagte oder tötete man.

Schlangen, zum Beispiel. Vielleicht war aber das Prinzip von Aufmerksamkeit das gleiche. Sie hielt das für einen Vorteil und sich für eine möglicherweise gute Putzfrau.

„Ich habe einfach keine Zeit, mich um meine Wohnung zu kümmern. Mach einfach, was du für richtig hältst. Komm, wann es dir am besten passt und bleib, bis du fertig bist."

Beim Verlassen des Gebäudes fragte sie sich, ob es wohl unverschämt war, gleich morgen wiederzukommen. Ob es so aussehen würde, als könnte sie es nicht abwarten und bräuchte unbedingt Geld. Dabei stimmte es. Schon jetzt spürte sie ein eigenartiges Verlangen, wieder umzudrehen, die Treppen hinaufzugehen, durch die schwere Wohnungstür zu treten und den Flur zu durchqueren. Einzuatmen, was ihr wie ein berauschender Duft erschien. Vielleicht mit den Händen die weißen Wände zu berühren. Die Türklinken. Vor allem aber Katharina.

Papiere. Eine Handvoll übersetzte und beglaubigte Zeugnisse sind alles, was du brauchst. Dann kannst du dich bei der Universität einschreiben, eine Prüfung ablegen und studieren. Vor allem aber bekommst du eine Aufenthaltsgenehmigung und kannst studieren. Das kann doch nicht so schwierig sein.

„Es ist fast unmöglich."

„Kannst du nicht jemanden bitten, sie dir zu schicken?"

„Nein."

„Warum nicht?"

„Geht nicht."

Geht nicht, gibt es nicht. Natürlich laufen die Dinge nicht immer, wie man sie sich vorstellt. Aber dann muss man eben die Vorstellung ändern, sie den Möglichkeiten annähern und beides zusammenbringen. Du scheinst daran nicht zu denken, sitzt vor mir auf dem Boden und spielst mit den Teppichfransen.

„Was hältst du eigentlich davon, mir deine Geschichte zu erzählen?"

Du schweigst.

„Ich meine, es wäre schon hilfreich, wenn ich dein Problem kennen würde."

Nichts.

„Toni! Ich bitte dich. Was soll ich eigentlich denken? Dass du eine gesuchte Topterroristin bist?"

„Wie kommst du darauf?"

„Du sagst mir nicht, woher du kommst, du erzählst mir nicht, wohin du gehst, wenn du verschwindest. Du gehst so gut wie nie mit mir auf die Straße und wenn, dann habe ich das Gefühl, dass du eigentlich nur wieder nach Hause willst."

„Und so verhalten sich Topterroristen?"

„Willst du mich provozieren?"

„Nein."

„Ich weiß nicht, wie sich Topterroristen verhalten, aber ich finde, dass du dich seltsam verhältst. Und ich habe nicht das Gefühl, dass es dir besonders gut dabei geht."

Inzwischen trägt der Teppich kleine Zöpfe und es sieht nicht so aus, als wolltest du mir eine Antwort auf meine Fragen geben.

„Ist es so schwierig zu verstehen, dass ich etwas von dir wissen will?"

„Nein."

„Aber du willst es mir nicht sagen."

Du vertiefst dich weiter in die Teppichfrisur. Merkst du nicht, dass du mich kränkst?

„Wie stellst du dir denn vor, wie das hier weitergehen soll?"

„Was?"

„Das mit uns."

„Was mit uns?"

„Ja, das möchte ich auch gerne wissen: Was willst du eigentlich von mir?"

„Nichts."
„Nichts?"
„Nein."
Stoisch, dickköpfig und verstockt. Eine Wand. Kein Durchdringen möglich. Ich setze mich neben dich und schaue dir beim Flechten zu. Rede leiser.
„He, ich will dich doch nur verstehen."
Du schaust auf.
„Aber warum? Was macht das für einen Unterschied, ob du mich verstehst oder nicht? Dadurch werden die Probleme auch nicht kleiner."
„Nein, vielleicht nicht kleiner, aber lösbarer."
Du schüttelst den Kopf.
Strategiewechsel.
„Du erwartest also von mir, dass ich mehr oder weniger Tisch und Bett mit dir teile und mir keinerlei Gedanken um die Zukunft mache."
„Ich erwarte gar nichts von dir."
„Oh, wie uneigennützig von dir!"
Ich stehe auf und gehe in die Küche. Muss mich beruhigen. Kaffee kochen. Warum bin ich so ungeduldig? Natürlich würde ich die Dinge auch lieber einfach so lassen, das kannst du mir glauben. Abwarten, was passiert. Vertrauen. Aber ich bin vierzig. Ich habe zu oft erlebt, dass mich das, was ich loslasse, verlässt. Dass Glück keine schicksalhafte Größe ist, sondern harte Arbeit.
Du folgst mir und setzt dich an den Küchentisch.
„Warum fragst du so viel?"
„Ich liebe dich."
„Woher weißt du das?"
Ich lese es aus meinen Gedanken. Nicht nur du trittst ungefragt in mein Leben. Mit dir kommen die Geister zurück. Die Erinnerung an zitternde Mohnfelder im Juli.

Heiße Wangen, über die noch heißere Tränen laufen. Wachsmalkreide auf gelblich glattem Papier, die ersten schüchternen Buchstaben, unbeholfen über Linien stolpernd, riesig und drohend im aufgeschlagenen Schwungheft. Die Entdeckung des Wortes. Die Entdeckung des Körpers. Die Entdeckung der Gewalt. Die Entdeckung der Liebe. Die Entdeckung von Schmerz. Die Entdeckung der Angst. Die Entdeckung der Lüge. Die Entdeckung eines Verstecks, das unentdeckt bleibt, weil es zugleich der verborgene Schatz ist. Den du hebst, ohne es zu merken. Ich weiß es, weil mein Kopf nicht verhindern kann, es zu denken.

Ich nehme mir einen Stuhl, setze mich dir gegenüber. Unsere Knie berühren sich. Die Kaffeemaschine brodelt.

„Von meinem Herzen."

Du lächelst und streichst mir eine Strähne aus dem Gesicht.

„Im Herzen passiert gar nichts. Es geschieht doch alles nur im Kopf."

„Ich weiß. Deswegen ist es so schön, deine Stirn zu küssen."

Katharina blieb am Bahnsteig stehen. Sie hatte Toni ungefragt begleitet. Ein eigenartiges und aufregendes Gefühl zugleich, die Menschen auf der Straße gingen ihr plötzlich aus dem Weg, weil sie Katharina auswichen. Respektierten. Fremdes wirkte neben Vertrautem weniger fremd und nicht umgekehrt. Allein war sie ein Alien, ein Wesen von einem anderen Planeten. Mit Katharina war sie ein Alien an der Hand eines Weltraumforschers.

Am liebsten wollte sie sie zum Abschied umarmen, doch die Bahn kam schneller, als sie sich Mut machen konnte. Deshalb ging sie fast grußlos und schämte sich nun dafür. Erst als die Bahn losgefahren war, wagte sie einen Blick aus dem Fenster und sah ihre Silhouette noch immer unbeweglich dort stehen.

Die Gruppe traf sich am S-Bahnhof Strausberg Nord. Sie war die Letzte, die anderen waren schon da. Nacheinander stiegen sie in den Kleinbus, in dem es nach nassen Hunden roch. Die sechs Frauen trugen Kopftücher, sie kannten einander, zu ihnen gehörte auch Neslihan, die mit ihr den Deutschkurs besuchte und ihr den Job besorgt hatte. Fabriken putzen, nicht weit von Berlin, nach Feierabend, damit es nicht auffiel, spät abends ging es wieder zurück, vier Stunden, einen blauen Geldschein schwarz auf die Hand.

Als sie ankamen, war es schon dunkel. Sie stiegen aus und der Kleinbus fuhr davon.

„Komm mit, ich zeig dir alles“, sagte Neslihan und zog sie am Ärmel.

Im Innern des riesigen Gebäudes wurde die Gruppe von drei Männern erwartet. Sie musterten die Frauen mit einem Blick aus Kontrolle und belustigter Verachtung.

„Seit wann gibt's denn bei euch Türken Neger?“, sagte einer von ihnen, der offenbar der Aufseher war, und stellte sich ihr in den Weg.

Überall dasselbe, dachte sie.

„Eine Freundin von mir. Sie ist zuverlässig“, erwiderte Neslihan schnell. „Ich weise sie ein, ich habe das mit Herrn Gucük so besprochen.“

„Lass mal stecken, das mache ich lieber selbst.“

Toni blieb stehen und sah ihm in die Augen. Hatte sie denn alles vergessen? Hatte man ihr nicht beigebracht, in jedem gottverdammten Moment ihres Lebens aufzupassen? Wo zum Teufel war ihr Instinkt geblieben? Wie hatte sie sich freiwillig hierher bringen lassen können?

„Na, dann komm mal mit. Einarbeiten.“ Er grinste und nahm sie am Arm.

Sie folgte ihm langsam in eine Art fensterloses Büro, spürte die Blicke der beiden anderen im Rücken. Die Tür hinter ihr wurde abgeschlossen. Einer vor ihr, zwei hinter ihr. Noch hielt sie etwas zurück. Ein Rest von guter Kinderstube? Rudimentäre Erinnerung an zehn Gebote? Ein letzter Funken Anstand? Es war nur eine Frage von Minuten, bis die Verhältnisse klar waren. Wer die Schlüsselgewalt hatte, am Hebel saß und ihn umlegte.

„Jetzt machen wir's uns hier mal richtig gemütlich, was, Kumpels?"

Der Große nickte den anderen beiden aufmunternd zu, und wie zum Zeichen zog er sich die Jacke aus und warf sie auf einen Stuhl. Dann ging er einen Schritt auf sie zu. Alter Schweiß, billiges Rasierwasser und schlechter Atem schlugen ihr ins Gesicht.

„Wenn du schön brav bist, dann darfst du später wieder mit den andern nach Hause fahren. Wenn nicht, schlagen wir dich einfach tot. Klar?"

Er lachte laut auf, zeigte ihr gelbe Zähne.

Mach es, aber schnell.

Er ließ sich Zeit. Spielte mit ihr. Fasste ihr langsam unter ihr T-Shirt, berührte ihre Brüste, als sollte es ihr Spaß machen.

„Das gefällt dir doch, du geile Schlampe, das willst du doch, oder?"

Sie reagierte nicht.

„Ich hab dich was gefragt!" Er drückte zu.

Zumachen, dachte sie. Einen anderen Film einlegen. Totales Verschließen des Innern. Sie konzentrierte sich. Manuel. Sie sah ihn vor sich. Er hatte sie an einen Stuhl gebunden, ihr Hemd aufgeknöpft. Mit einem Messer ihre Brustwarzen umfahren. Abhärtungstraining. Sie hörte ihn sagen:

„Sie werden dir wehtun, sie werden dich schlagen, vergewaltigen, erniedrigen. Sie wollen dich zum Reden bringen. Aber du bist stärker. Du bist draußen, sie kommen nicht an dich heran. Du kannst nicht mehr sprechen, du verstehst ihre Sprache nicht. Du kommst von einem anderen Stern. Hörst du?"

Er hatte ihr das Messer an die Kehle gesetzt, ihre Haut neben der Schlagader leicht aufgeritzt.

„Du kommst von einem anderen Stern. Sag es!"

Ich komme von einem anderen Stern.

Ihr Kopf flog zur Seite, sie taumelte, der Schlag kam unerwartet.

„Tu nicht so, du Dreckstück. Du willst doch bloß durchgefickt werden!"

Ich komme von einem anderen Stern.

Ein Planet mit üppiger Vegetation, es war taghell, die Sonne legte sich warm auf die Haut, umschloss sie mit einem gelben Streicheln, versiegelte sie. Am Himmel zog ein Kondor seine Kreise, seine Schwingen bewegten sich gleichmäßig durch die Luft. Ein anderer Stern.

Sie gingen wie auf Kommando zu dritt auf sie los, zerrten an ihrer Jeans, warfen sie rücklings auf den Tisch, ihr Hinterkopf knallte hart auf die Kante. Sie schloss die Augen.

Ich komme von einem anderen Stern.

Ein Erdbeben ließ sie erzittern, Blitze schlugen ein, prallten an ihr ab. Der Kondor stürzte in die Tiefe, die Wolken zogen sich zusammen, der Himmel verdunkelte sich, nicht fallen jetzt, du bist auf einem anderen Stern, du schaffst das, es ist ein Traum, es geht vorbei, denk an den Stern, der andere Stern ...

Sie drangen in sie ein, einer nach dem anderen, tollwütige Tiere, Schaum vor dem Mund, Gift im Leib. Sie keuchten, sie grölten, sie massakrierten ihre Brüste, hinterließen Spuren ungezügelter Schamlosigkeit auf ihrer Haut. Sie bohrten sich verzweifelt in sie hinein, als wäre sie ihre letzte, ihre einzige Zuflucht vor all dem Elend, das ihnen in ihren wahnsinnig gewordenen Augen stand.

Irgendwann nahm die Erschütterung ab, irgendwann war es still.

Nicht schlafen, du darfst nicht schlafen. Im Schlaf kommt der Teufel, packt dich von hinten und dreht dir den Hals um.

Sie zwang sich, wach zu bleiben, zu sehen. Es war dunkel, sie lehnte an einer Mauer gegenüber der fahl erleuchteten Fabrikhalle. Als sie sich mit der Zunge über die Lippen fuhr, schmeckte sie Blut. Ihr linkes Auge war zugeschwollen, sie konnte es kaum öffnen. Sie sah an ihrem Körper hinunter. Ausnahmezustand.

Schwankend erhob sie sich, stützte sich an der Wand ab, klopfte sich den Staub von den Kleidern, richtete sich her, soweit es ging, und wankte zum Bus. Es war zwecklos, ihr Gesicht vor den anderen zu verbergen, sie sahen es sofort und senkten ihre Blicke. Nur Neslihan schlug vor Entsetzen die Hand vor den Mund und nahm sie später auf der Rückbank vorsichtig in den Arm.

„Es tut mir leid", stammelte sie, „es tut mir so leid. Es ist alles meine Schuld. Was haben sie bloß mit dir gemacht?"

Toni schaute hoch und versuchte ein Lächeln.

„Nichts Besonderes", antwortete sie. „Alles in Ordnung."

„Geht es dir gut?“, fragst du.

„Viel Arbeit“, lüge ich.

Du willst es doch gar nicht wissen. Nichts von mir, nichts von meinem Alltag, nichts von meinem Leben. Und schon gar nichts von meinen Ängsten. Deren Gewicht von der Beständigkeit des Bodens abhängt, auf dem ich stehe.

Ich verdränge es, bis der schmale Umschlag mit den Tickets auf meinem Schreibtisch liegt und mich daran erinnert, dass ich neben den Unterlagen für das Meeting in Zürich das Fläschchen mit den Notfalltropfen einpacken muss. Dann bügele ich, lege alles für den nächsten Tag zurecht, an dem ich früh aufstehen muss. Eigentlich sollte ich jetzt eine der Tabletten nehmen, die mich innerhalb von Minuten in Tiefschlaf versenken. Nur um nicht daran denken zu müssen. Normalerweise täte ich das. Doch nun liegst du neben mir und ich spüre, wie mein linkes Bein gefriert. Ich verfalle in Starre. Dabei bin ich noch nicht einmal unterwegs nach Tegel.

Wenn man in der Nähe des Frankfurter Flughafens groß wird, verlebt man wichtige Momente seines Lebens vor den Toren in die weite Welt. Man mogelt sich mit fünfzehn verbotenerweise in die Diskothek und hofft auf ein exotisches Abenteuer mit einem GI, man verabredet sich mit der ersten großen Liebe zum Kaffee mit Blick auf das Rollfeld, man kauft die Milch, die man samstags im Supermarkt vergessen hat. Man kennt sich aus in den Hallen, jedes Jahr ein Wandertag zur Lufthansa. Ich habe diese Ausflüge geliebt. Es war wie ein Abenteuer an einer unsichtbaren Grenze, die dort begann, wo die Reisenden hinter der Milchglasscheibe verschwanden. Hinter den Gepäckbändern, den Metalltüren und den Sicherheitsvorkehrungen im Zeitalter der RAF, die so taten, als wäre die bundesdeutsche Lage unter Kontrolle. An den Wänden hingen Plakate mit dem durchgestrichenen Konterfei von Gudrun Ensslin, die so aussah wie meine Schwester und die ich über alle Maßen bewunderte. Dass sie damals schon tot war, wusste ich nicht. So wollte ich werden und so wollte ich enden: als störrische Terroristin, die sich selbst auf einem Foto dagegen wehrte, die Augen zu heben.

„Sieh mich an, wenn ich mit dir rede", das hat schon mein Vater gefordert, bevor er mein Kinn zwischen Daumen und Zeigefinger genommen und mein von ihm abgewandtes Gesicht zu sich gedreht hat. Meine Augen jedoch konnte er nicht zwingen. Meine Augen, die der Gefahr schon immer den Blick verweigert haben. Vielleicht wollte ich deshalb nie wissen, was sich hinter den Absperrungen abgespielt hat, die man nur mit einer Bordkarte betreten durfte. Meine erste bekam ich mit achtzehn. Bis das Flugzeug sich in Bewegung setzte, hatte ich mir keine Gedanken darüber gemacht, was es bedeuten würde, den Boden unter den Füßen zu verlieren. Erst als die Maschine abhob, begriff ich.

Das Gefühl zu schweben, die Idee, der Erde entrückt zu sein, lähmte mich bis in die Fingerspitzen. Man musste mich nach der Landung buchstäblich aus dem Sitz herausklauben, ich hatte mich drei Stunden lang in das Polster gekrallt, die Füße auf den Boden gepresst, den Blick auf die Rückenlehne des Sessels vor mir gerichtet, aus dem irgendwann ein Tablett geklappt wurde, ein mit Zellophan überzogener Portionsteller gestellt und später unberührt wieder abgeholt wurde.

„Nun stell dich nicht so an", sagte mein Vater drohend, der neben mir saß, und vielleicht war es dieser Moment, in dem ich ihn für immer verließ. Und mit ihm diese ganze Generation von Deutschen, die das Nachkriegsprogramm auf Durchhalten geeicht hat. Die alles schluckt, was man ihr vorsetzt. An diesem Nachmittag Schinkenbrote, auf denen ein winziges Gürkchen lag und daneben ein Tütchen mit Senf. Man sollte denken, dass man später über solche Kleinigkeiten lachen kann. Ich bin dazu nicht fähig. Wenn ich jemals glaubte, verrückt zu werden, den Verstand zu verlieren, dann in diesem Flugzeug, im Winter, Anfang der achtziger Jahre auf dem Flug nach London, auf dem besten Weg, erwachsen zu werden.

Der Rückflug eine Woche später war weniger schlimm. Mein Vater hatte mich zuvor fast krankenhausreif geprügelt, zur Belohnung bekam ich von meiner Mutter danach zwei Adumbran. Der Weg nach Heathrow erschien mir wie eine Reise durch die Nebel von Avalon und ich wunderte mich am Ende nicht über die Drachen, die bereitstanden, mich zu verschlingen.

Und noch immer wirft mich Fliegen vollkommen aus der Bahn. Eingesperrt in abertausend Meter Höhe bin ich meinem persönlichen Albtraum ausgeliefert: hilflos unter Fremden. In der Luft hängen, die baumelnde Seele verkrampft und panisch. Völlig ohne Grund.

„Nein, mach dir keine Umstände. Du brauchst mich nicht zum Flughafen zu bringen. Ist nur ein kleiner Trip nach Zürich. Bin morgen Abend schon wieder zurück."

Ich warte, bis du eingeschlafen bist. Dann schleiche ich mich ins Badezimmer an den Medikamentenschrank.

Sie packte ihre Sachen in den Rucksack und ging, ohne sich noch einmal umzusehen. Diesmal verwischte sie keine Spuren, sollte sie doch finden, wer auch immer sie suchte.

„Ich kann nicht mehr, gibt es nicht. Man kann immer mehr. Die eigene Grenze liegt weit hinter der Linie, die man dafür hält."

Wie oft hatte sie sich das vorgesagt? Wie oft war sie ein Stück über jenen Punkt hinausgegangen, den sie für das Ende hielt, und war auf einer anderen Seite, jenseits ihrer Vorstellungskraft, angekommen? So ging Überleben: dem Tod ein Gesicht abtrotzen, ihm in die Augen sehen und ohne den Blick abzuwenden weitergehen. Aber was war mit der Leere? Was, wenn die Grenze nur nach innen spürbar wurde, wenn es keinen Widerstand mehr gab, den es zu brechen galt? Sie konnte hier bleiben, einen Tee kochen, sich beruhigen, weiter in die Schule gehen und Neslihan das Gefühl geben, es sei alles nicht so schlimm gewesen. War es schlimm gewesen? Was war schlimm gewesen? Die Erniedrigung? Das Eindringen zu Waffen gewordener Körper? Die Beleidigungen? Oder die Gewissheit, dass es niemanden interessierte, was mit ihr passierte? Dass sie irgendwo auf der Welt elend sterben konnte, ohne dass es auffiel? Schlimm war nicht nur, was geschehen war, schlimm war die Einsamkeit, in der sie die Erinnerung aushalten musste. Und das Gefühl des rettungslosen Alleinseins wuchs mit jeder Minute. Deshalb musste sie fort von hier, ihr Versteck verlassen, das sie vor Geistern bewahren sollte, die sie selbst beschwor. Hier wurde sie allmählich verrückt. Draußen wurde sie vielleicht wenigstens gejagt.

Es waren die kleinen Dinge, die Unterschiede markierten. Ohne Gepäck hielt man sie für eine lästige Ausländerin. Für eine der zigtausend überzähligen Emigranten, die man hier nicht haben wollte. Jetzt, mit dem Rucksack auf dem Rücken und dem Stadtplan in der Hand, hielt man sie für eine der zigtausend Touristen, die man brauchte. Auf der Suche nach einem Hotel. Sie aber suchte kein Zimmer. Sie wollte das Gegenteil davon finden. Bis es dunkel wurde, setzte sie sich auf eine Parkbank und machte Hausaufgaben. Es war eine Übung zum Passiv. Man benutzte es, wenn man beschreiben wollte, was geschah, ohne zu sagen, wer verantwortlich dafür war. Zum Beispiel: Das Feuer wird gelöscht. Statt: Die Feuerwehr löscht das Feuer.

Finden Sie selbst Beispiele im Präsens, in der Vergangenheit und im Futur.

Das Kind wird vergessen. Die Frau wurde geschlagen. Der Mann wird getötet werden.

Praktisch: Allmachtsfantasien und Rachegefühle klangen passiv weniger schlimm.

Sie fuhr bis zum S-Bahnhof Grunewald. Es war das größte eingezeichnete Grün auf dem Stadtplan. Außer ein paar Spaziergängern, die ihre Hunde ausführten, und einigen Joggern war um diese Uhrzeit niemand mehr unterwegs. Nachdem sie eine Weile dem markierten Weg gefolgt war, schlug sie sich unbemerkt in die Büsche. Ihr Orientierungssinn führte sie tiefer in das kleine Waldstück hinein. Sie ließ die Stadt hinter sich, die Menschen und die Angst. Mit jedem Schritt, der sie der Stille und der Nacht entgegenbrachte, fühlte sie sich leichter. Die Geräusche des Waldes wurden mit der Dunkelheit lauter, sie lauschte den Eulen, hörte das Rascheln der Tiere im Unterholz und sich selbst: ihren Atem, das Knacken der Zweige unter ihren Schuhen.

Zwischen zwei großen Baumstämmen richtete sie ein Lager her. Drei Müllsäcke als wasserdichte Unterlage unter dem Schlafsack, der Rucksack diente als Kopfstütze. Sie machte kein Licht, ihre Augen hatten sich an die Nacht gewöhnt, das Mondlicht erhellte das Schwarz zu Dunkelgrau. Durch die Baumwipfel hindurch sah sie in den sternenbedeckten Himmel. Jupiter, Venus, die Milchstraße. Hier war sie zu Hause. Aber hier konnte sie nicht bleiben.

Wohin soll ich gehen?
Es liegt doch auf der Hand.
Undenkbar.
Weshalb?
Zu viel Gefühl.
Na und?

Sie öffnete den Rotwein, den sie sich zur Feier des Tages geleistet hatte und nahm einen Schluck aus der Flasche. Dazu aß sie Weißbrot, das sie in großen Stücken aus der Plastiktüte riss. Ob Paula wohl heute an sie dachte? Katharina? Warum sollte sie? War sie nicht nur eine exotische Komponente in ihrem Leben, eine – wie sie sagte: farbige – Putzfrau, die Abwechslung in ihren eintönigen Alltag brachte? War Katharinas Alltag eintönig? Was bedeutete es, dass sie für sie kochte, sie zum Kaffee einlud und zur S-Bahn brachte? Machte sie aus unverfänglichen Aufmerksamkeiten bedeutsame Anzeichen von Interesse? Gab es Anzeichen von Interesse?

Was will ich von ihr?

Die Frage tanzte vor ihren Augen wie ein flimmernder Punkt, der sie irritierte. Kopfschütteln, Blinzeln, sie war nicht aus ihrem Kopf zu vertreiben. Sie würde hinsehen müssen, diese Ahnung durchdringen, die Antwort finden, die Frage löschen oder sich ergeben.

In dieser Nacht, in der sie neunundzwanzig Jahre alt wurde und in der sich die Wildschweine mit ihren Jungen bis auf wenige Meter näherten und erst bei dem Geruch nach Rizinusöl, mit dem sie die Baumrinde eingerieben hatte, abdrehten, träumte sie sich in eine Arena. Sie war nicht der Stier, sie war auch nicht die Torera. Sie war das rote Tuch.

Ich weiß nicht, ob du weißt, was das mit mir macht. Die Art, wie du mich ansiehst. Dass du mich überhaupt ansiehst, wenn du mir die Bluse aufknöpfst, den BH öffnest, mir die Träger abstreifst. Du betrachtest mich lange, bevor du etwas anderes tust. Du bist der erste Mensch, dem ich das erlaube. Die Erste, die meine Brüste mehr als einen Streifzug lang berühren darf, ohne dass ich ihr den Weg abschneide. Sie sind noch empfindlicher als ich selbst, ihre Mitte für den Rest der Welt Sperrgebiet. Du spürst das, du bist vorsichtig, ohne zu wissen, warum. Vielleicht werde ich es dir eines Tages erzählen, bei offenem Fenster in der Dämmerung, damit meine Worte, wenn sie wollen, das Weite suchen können. Aber ich glaube, sie würden nicht flüchten müssen, könnten spüren, dass du etwas von der Unausweichlichkeit von Gewalt verstehst. Von Kälte.

Wie von dieser, die in den flachen Steinen wohnte, die auf der marmornen Fensterbank meines Mädchenzimmers lagen. Zwei handtellergroße, graue, vom fließenden Wasser unermüdlich geglättete Kiesel. Eiskalt, selbst im Sommer. Mein Vater hatte sie aus einem flachen Flussbett geholt, weil meine Mutter sich einen Steingarten wünschte. Der Fluss hieß Nahe und ich dachte, er heißt so, weil er nicht weit weg von zu Hause war. Und dann blieben die Steine auf einem Haufen in der Garage liegen, wie alles zwischen meinen Eltern von Montag bis Freitag irgendwo liegen blieb und verloren ging. Zwei der Findlinge, wie mein Vater sie nannte, als hätte er sie adoptieren wollen, nahm ich mit in mein Zimmer, weil mir ihr Name gefiel. Findling, das klang nach Kaspar Hauser, dem Jungen, der von Wölfen großgezogen worden war und deshalb das Sprechen nicht gelernt hatte. Der Wolfsjunge und die Steine und ich waren Gleichgesinnte. Eines Tages verloren wir unser Zuhause, waren Ausgesetzte und wurden zu Findlingen.

Wenn ich merkte, dass man mich aussetzte, wenn ich unsichtbar wurde und niemand mehr von mir Notiz nahm, wenn es keine Rolle mehr spielte, ob ich am Tisch saß oder nicht, meine Mutter mich in ihrem Rausch nicht mehr erkannte und mein Vater nicht einmal mehr Lust hatte, mich zu verprügeln, schlich ich in mein Zimmer und spielte mein Lieblingsspiel: Folter im Jahr von Christi Geburt.

Ich schloss die Tür ab, obwohl das unnötig war, denn es wäre niemand auf die Idee gekommen, nach mir zu sehen. Das gute Kind war das abwesende. Ich legte mich in das weiße Kastenbett und stellte mir vor, in einem römischen Bad zu liegen. Meinen Körper bettete ich nackt auf ein mit Samt ausgeschlagenes Brokatkanapee. Um mich herum postierte ich zum Kampf gerüstete Soldaten, die mich bewachten, und in rote Gewänder gehüllte Frauen, die mir zu Füßen saßen. Die Szene hatte ich im Kino in einem Gladiatorenfilm gesehen, in den ich mich hineingeschlichen hatte, obwohl ich erst dreizehn war. Mein Alter Ego war allerdings kein herrischer Imperator, ich ähnelte eher dem Gottessohn, dem ich dreihundertzwanzig Mark anlässlich meiner Konfirmation verdankte, weil sein Vater ihn fast zwei Jahrtausende zuvor der Menschheit geopfert hatte. Auch ich wollte vor aller Augen leiden. Nicht angenagelt, sondern auf eigentümliche Weise gesteinigt. Also biss ich die Zähne zusammen und legte mir die kalten Kiesel auf die Stellen meines Körpers, die ich am meisten hasste, weil sie verrieten, dass ich kein Herrscher, kein Gottessohn, vor allem aber kein Junge war.

„Wunderschön", sagst du und legst deinen Kopf dazwischen.

Ich ließ die Steine so lange auf mir liegen, bis die Haut betäubt war, das Fleisch bis in die Knochen erkaltet und ich nichts mehr spürte außer einer diffusen Leerstelle. Dabei stellte ich mir vor, wie die Soldaten die weinenden Frauen davon abhielten, mich von der Qual zu erlösen. Sie schrien und flehten und baten um Gnade. Es war eine Mischung aus Schuld und tiefer Befriedigung, sie zu ignorieren, ein süßer Schmerz, den ich empfand bei dem Gedanken, meine Brüste vor ihren Augen abzutöten.

Die Starre wirkte, bis du in mein Leben tratst. Bis dahin hatte eine unsichtbare Arktis mir jeden Eindringling unbemerkt vom Leib gehalten. Nun sind deine Hände gekommen, machen mich weich, angreifbar und heiß. Mein vereister Körper taut unter dir auf und statt sich zu wehren, will er endlich schmelzen. Ich kann es nicht erwarten, deine Hände auf mir zu spüren, ich will, dass du das Totgeglaubte mit deinen Lippen neu erweckst. Ich habe mit vielen Männern und Frauen geschlafen, die erfahrener waren als du. Behände, geschickt und zärtlich. Die mich zielsicher zum Höhepunkt führten, an dem sie triumphierend auf mich warteten. All das ist nichts gegen deine fassungslosen Augen, wenn du mich anschaust, als könntest du nicht glauben, wie sehr ich unter dir bebe, wie leicht ich mich hingebe, wie sehr ich um dich bitte.

Hör nicht auf, mich anzusehen.

„Ich kann nicht mehr."

Sie hörte sich diesen Satz sagen und noch bevor er in ihr verklang, brach der Boden unter ihr, die Decke, das Dach, das ganze morsche Konstrukt, das Baumhaus ihrer Dschungelträume, in dem es immer eine Liane gegeben hatte, um sich aus der Gefahr emporzuschwingen. Nun hatte sie keine Kraft mehr. Sie sprang nicht mehr einfach, vertraute nicht mehr länger darauf, sich festhalten zu können. Sie saß einfach nur da, ließ die Schultern hängen, atmete schwer und spürte, wie sie fiel. Katharina stand wie ein fernes Echo hinter ihr, wegkatapultiert, wie kam sie nur auf die Idee, ihr einen Ring zu schenken? Ausgerechnet ihr? Waren ihre Finger etwa nicht unansehnlich und verkrüppelt?

Sie war ungerecht. Katharina meinte es nur gut. Gab ihr das Gästezimmer, etwas zu essen, hielt sie fest, beruhigte sie und wartete. Worauf? Wie sollte sie ihr sagen, wer sie war? Was sie empfand? Was empfand sie eigentlich? Warum wollte sie das nur wissen? Sie brauchte keine Liebesgeschichte, die zum Scheitern verurteilt war. Nicht noch einmal. Das schaffte sie nicht. Dann lieber einen Schnitt.

Ich darf mich nicht verlieben.

Und wenn es schon geschehen ist?

Sie musste mit dem Unsinn aufhören. Sofort. Schluss mit dem Träumen. Katharina tat ihr einen Gefallen, gab ihr einen Job und hatte Mitleid. Vielleicht flirtete sie sogar ein wenig mit ihr. Das sollte sie ausnutzen. Sich darauf konzentrieren, ihre Situation in den Griff zu bekommen. Vielleicht konnte ihr Katharina sogar helfen, einen heiratswilligen Deutschen zu finden? War sie dazu imstande? War es das wert? Hatte sie nicht genau hier die Grenze erreicht, war nicht jetzt der Moment gekommen, um aufzugeben? Wie weit wollte sie noch gehen? Sollte sie nicht doch einfach zurückkehren? Ihre Paranoia vergessen, sich endlich beruhigen, sich weniger wichtig nehmen. Die Wirklichkeit geraderücken: Lidias Tod war ein Zufall, niemand wollte ihr Böses und sie vergaß, was sie wusste. Was wusste sie schon? Alles verblasste: die Erinnerung an Paula, die Erinnerung an Encarna, die Erinnerung an sich selbst. Auf diese weiße Fläche des Gedächtnisschwunds waren leicht neue alte Initialen zu malen. Nichts sprach dagegen, dass sie dort noch einmal neu beginnen könnte, wo sie angefangen hatte. Dort war sie vielleicht nicht glücklich, aber zumindest nicht fremd. Wer war sie hier, in der Wohnung dieser Deutschen, die sich in ihren Kopf schlich wie eine Krankheit? Immerzu musste sie an sie denken. Ihr Gesicht in den weißen Handtüchern im Badezimmer vergraben. Nachts allein auf engem Raum ihre Hände zurückhalten, die sich nach Katharinas heller Haut sehnten. Ihrer Stimme lauschen und von ihren Händen träumen, die auf ihren Schultern ruhten, freundschaftlich warm, unverfänglich.

Fass mich an, wollte sie sagen und dabei mit den Fingern Katharinas Handgelenke umschließen, doch ihre

Hände rührten sich nicht, verfielen wie sie einer bleiernen Schwere.

„Ich kann nicht mehr."

Sie ergab sich einer Leere, die nicht schmerzte, die nichts anderes machte als unendlich müde.

„Dann kann ich für dich." Katharinas Stimme war leise, aber nicht zu überhören.

Sie schüttelte den Kopf. Trotzig, erschöpft.

Später im Bett, zu dem Katharina sie begleitete, als fürchtete sie, ihr könnte auf dem Weg dorthin etwas zustoßen, ging ihr ein Lied durch den Kopf, mit dem sie ihre kleine Schwester in den Schlaf gesungen hatte, wenn Carla nachts aufgewacht war:

Duerme, duerme negrito, que tu mama está en el campo, negrito ...

Doch ihre Mutter war nicht auf den Feldern, arbeitete nicht schwer und würde auch nicht früh am Morgen zu ihr nach Hause kommen. Wenn sie in Zukunft nicht alleine aufwachen wollte, musste sie etwas dafür tun. Schlafen und warten alleine reichte nicht aus.

Du willst mich. Du isst, du trinkst, du benimmst dich wie ein normaler Mensch. Fast. Manchmal, wenn du denkst, ich sehe nicht hin, zuckst du zusammen, als stündest du unter Strom. Deine Schultern heben sich abrupt und senken sich langsam, deine Bauchdecke bebt. Auch deine Augen geraten für einen Moment außer Kontrolle. Blinzeln, weiten sich scheinbar ohne Grund. Du explodierst innerlich und ich tue so, als ob ich es nicht bemerkte. Halte dich später, hebe meine Kraft für die Zeit des Nachbebens auf. Hoffe, dass eines Tages ein Riss bleibt, der mir Einblick gewährt in die Zeit, die dich zu dem gemacht hat, was du heute bist. Ich habe das so gelernt: Wissen ist die Voraussetzung, um zu verstehen. Vielleicht ist das falsch. Es könnte ein Luxus sein, das Gestern aus dem Heute auszusperren. Keine Erinnerung an Geschichte außer sich selbst. Deine Haut berühren ohne Vorbehalte. Dich begreifen als Geschenk, nicht als Aufgabe.

„Schlaf mit mir."

Wir lieben uns auf dem Teppich. Ich lege eine Decke über uns, will uns verstecken. Vor etwas, dessen Dimension ich nur ahnen kann, vor dieser und jeder anderen Angst.

„Komm, wir tauchen unter."

Verschwinden von hier. In eine Dunkelheit, die nur Augen für unsere Konturen hat.

Als wir wieder auftauchen, hat sich die Dämmerung im Zimmer ausgebreitet und wir sprechen leise. Du bist traurig. Deine Lippen wandern fast verzweifelt zärtlich über meinen Mund, meine Augen, meine Stirn. Deine Küsse schmecken nach Abschied.

Aus dem Riss wird die Lücke, aus der Lücke das Vakuum. Der Selbstbetrug hält nicht lange. Die Brücke zwischen dir und mir ist zerbrechlich. So sehr du mich auch festhältst, die Angst, dich zu verlieren, bleibt. Dabei verliere ich mich selbst in zu viel Raum für Spekulation: Du liebst eine andere. Bist verheiratet. Versprochen. Abhängig. Krank. Du wirst gesucht. Du spielst mit mir.

Deine Geheimnisse werden zu meinen Abgründen. An deren Schluchten du sitzt und geistesabwesend die Beine baumeln lässt. Woher soll ich wissen, dass du nicht ohne mich springst? Was macht mich so sicher, dass ich nicht alleine falle?

„Was hast du?"

„Ich frage mich, warum ich dir vertraue."

„Das frage ich mich auch."

„Was genau fragst du dich auch?"

„Wieso ich dir vertraue."

„Und was denkst du, ist der Grund?"

„Ich habe keine andere Wahl. Und du? Warum vertraust du mir?"

Der Knall, mit dem die Tür zu mir ins Schloss fällt, ist nur für mich zu hören. Versteckte Minen sind unberechenbar. Sie zerfetzen ihre Opfer in der Luft. Du hast also keine andere Wahl. Du musst. Nimmst mich eben in Kauf. Hättest es mit jeder anderen also auch gemacht. Schöner

Zufall, dass ich es war. Oder bin ich nur die zweite Wahl? Das meinst du wohl damit, dass im Herzen nichts passiere und alles nur im Kopf geschehe.

„He, was ist los?“

Ich stehe auf. Wag es nicht, mich anzufassen. Geh weg.

„Katharina! Was ist denn? Habe ich etwas Falsches gesagt?“

Nein, du hast nichts Falsches gesagt und nichts falsch gemacht. Du machst alles richtig. Es läuft alles rund. Ich bin selbst schuld. Zu romantisch für die Welt. Zu alt für das Märchen von und-wenn-sie-nicht-gestorben-sind.

Sie hatte es einfach geschehen lassen, ihre Hände hatten Katharinas Beine umfasst, als sie sich wegdrehen wollte.

Geh nicht, bleib da.

Obwohl ihr Verstand das Gegenteil von ihr verlangt hatte. Plötzlich war alles ganz schnell gegangen, es wurde Nacht und am nächsten Morgen lag ein Glück zwischen ihnen, das sie nicht fassen konnte. Der Sicherheitsabstand zu Katharina schrumpfte auf Tuchfühlung zusammen, sie konnte, wenn sie es zuließe, auch diesen letzten Rest von Vorsicht einstellen und sich ganz ergeben. Reden. Doch sie behielt eine Handvoll Vernunft zurück.

Manchmal fühlte sie sich wie eine Hure. Wenn sie spürte, dass Katharina mehr als ihren Körper begehrte. Wenn die Worte nicht aus ihr herauswollten, wenn die Bilder, bevor sie laufen lernten, über ihre eigenen Beine stolperten, auf staubigem Asphalt aufschlugen und zerbrachen. Splitternamen, Splittergefühle, Splitterbomben. Wenn sie es nicht fertigbrachte, den Globus am Fenster in Position zu bringen, mit dem Zeigefinger darauf zu deuten und zu sagen: Hier komme ich her.

Dann wollte sie das Geld, das Katharina überall demonstrativ herumliegen ließ, um zu zeigen, dass sie sich bedienen konnte, am liebsten aus dem Fenster werfen. Die Rechnung ging nicht auf. Es konnte nicht gut gehen. Sie schuldete ihr noch etwas.

So viel Glück steht mir nicht zu. Wo ist der Haken?

Und doch konnte sie nicht aufhören damit. Nachts betrachtete sie Katharinas Gesicht und versuchte, sich jeden Millimeter einzuprägen. Die ebene Stirn, die langen Wimpern, das spitze Kinn. Die perfekt geschwungenen Augenbrauen.

„Weißt du eigentlich wo Augenbrauen gemacht werden?"

Katharina schüttelte den Kopf.

„Im Himmel. Dort müssen die besonders sensiblen Engel Schwerstarbeit leisten. Sie sind von Natur aus traurig, weil alles sie berührt. Es gibt kein Leid und keine Freude, nichts, vor dem sie sich verschließen könnten. Deshalb sind sie zuständig, die Gesichter der Menschen zu modellieren."

„Willkürlich?"

„Nein. Sie bekommen einen Plan von der Seele. Dann entwerfen sie dafür die passenden Ohren, die richtige Nase und den entsprechenden Mund. Am längsten dauern die Augen. Das Aussuchen der Form und ihrer Tränen ist eine schwierige und langwierige Arbeit. Immerhin sind es die Fenster einer Seele. Wenn der Engel nach vielen schlaflosen Nächten endlich fertig damit ist, setzt er seine Unterschrift darüber: Das sind die Augenbrauen."

Katharina schlief unruhig und laut. Sie lag auf dem Rücken, ihr Atem machte kleine surrende Geräusche.

Wie schön du bist.

Sie küsste ihre Schultern und Katharina drehte sich im Halbschlaf zu ihr.

„Warum schläfst du nicht?“

„Damit ich dich besser sehen kann.“

„Bist du der Wolf?“, murmelte Katharina und träumte weiter.

Nein, ich bin der dunkle Wald.

Das ist der Grund, weswegen ich alleine wohne, lieber keine Wohnungsschlüssel teile, kein Bett, kein Tisch, kein gar nichts. Dieses Gefühl der Ohnmacht, des absoluten Ausgeliefertseins hinter verriegelter Tür, die Leere, immer dasselbe.

Du liebst mich nicht.

Bist nur bei mir, weil du etwas von mir brauchst? Wieso sagst du es nicht? Warum sagst du nicht: Gib mir Geld, heirate mich für eine Aufenthaltsgenehmigung? Als Belohnung schläfst du zweimal die Woche mit mir und putzt meine Wohnung. Prima Deal. Ich könnte mit brutaler Offenheit besser umgehen als mit dem heimlichen Betrug.

„Katharina, mach auf, bitte."

Warum sollte ich? Um mir deine Lügen anzuhören? Oder deine kleinen Wahrheiten, die mich verletzen, weil du unachtsam bist und ich nicht darauf vorbereitet bin? Oder für das Schweigen, mit dem du mich hinhältst? Du vertraust mir, weil du musst? Dann lass es. Du musst mir gar nicht vertrauen. Mach mir ein Angebot und ich lass dich meine Liebe bezahlen.

„Katharina! Por el amor de dios! Déjame entrar, ábreme, por favor!"

Ich kann nicht. Sitze auf dem Bett wie versteinert und starre an die Decke. Die Lampe ist spiegelblank, du wirst sie abgestaubt haben. Überall statt meines Drecks Spuren von dir. In meinem Zimmer, in meinem Leben, auf meiner Haut. Herzklopfen. Ich kann mir keinen Irrtum mehr erlauben. Kein unerlaubtes Freilassen meines Selbst. Siehst du nicht, wie ich an dir vorbeistürze?

„Geliebte, bitte, mach auf ..."

Weißt du, dass ich das noch nie gesagt habe? Ich wollte nie, dass meine Gefühle einen Grund haben. Und nun nennst du mich so, weil ich es dir beigebracht habe. In meinem Kopf geht alles durcheinander. Du stehst vor meiner Schlafzimmertür und ich täte nichts lieber, als dich hereinzulassen. Aber ich kann nicht. In mir gibt es einen Schalter, den ich zuvor entriegeln muss. Er versperrt den Zugang zu meinen sehnlichsten Wünschen. Zu dem Kind, das die Schokolade will, die ihm eine große Hand entgegenstreckt. Doch die drohende Stimme hält es davon ab: Nimm niemals Geschenke von Fremden. Dabei sind doch die von Vertrauten viel gefährlicher. Bist du eine Fremde? Eine Vertraute? Keine Verbündete. Was spielt das für eine Rolle, wenn ich dich will? Glaubst du, ich lasse jede einfach bei mir einziehen? Meine offene Tür ist keine Gutmenschtat. Es ist das Egoistischste, das ich mir vorstellen kann. Ich tue es aus Liebe. Und das meine ich ernst. So ernst, dass ich Beklemmungen bekomme, wenn ich darüber nachdenke. So ernst, dass ich mich schäme für alles, was ich mir wünsche: Mit dir reden, mit dir in Urlaub fahren, mit dir spazieren gehen und Kaffee trinken. Mit dir Weihnachten feiern und über die Farbe eines Zimmers streiten, das dir gehören wird. Und nebenan ist meins. Mit dir einkaufen, kochen, mit dir essen, mit dir schlafen. Mit dir leben. Ich will mit dir leben. Dich um mich haben, dich pflegen, wenn du krank bist, dich trösten, wenn du traurig bist, eifersüchtig sein, wenn du einer anderen nachschaust. Ich will all das mit dir, weswegen ich andere kleinbürgerlich und spießig finde. Ich will mit dir teilen. Aber dafür musst du mir vertrauen wollen. Nicht müssen. Du sollst wollen. Ich will, dass du willst.

„Katharina. Mach auf, bitte. Lass mich hinein."

Dich hineinlassen. Du hast doch keine Ahnung, wohin das führt, wenn ich dich hineinlasse. Auf wen du dich einlässt. Weißt nichts von den Nächten, in denen ich das Licht nicht löschen kann, weil plötzlich die Schatten beginnen, vor meinen Augen zu tanzen. So viel Sehnsucht in einem versunkenen, einem gestrandeten Körper, wie willst du das aushalten? Wie lange? Wenn ich in Rente gehe, bist du gerade mal fünfzig.

Ich muss aufhören, mit dir zu reden, als könntest du meine Gedanken lesen. Aufhören zu träumen, du und ich würden ein Wir. Fehlt nur noch, dass ich dich meinen Freunden vorstellen will.

Es ist merkwürdig still. Wieso bist du nicht mehr an der Tür? Schon müde? Länger versuchst du es also nicht? Bist gegangen, ja? Lässt mich allein. Gibst mich auf. Ich wusste es. Auch du erträgst mich nicht lange. Niemand erträgt mich lange. Dann such dir doch eine andere. Wenn du aus dem Gröbsten raus bist.

Was ist das für ein Geschrei? Brüllst du es hinaus? Dass ich hysterisch bin? Dass ich verrückt geworden bin? Wirfst du meine Sachen aus dem Fenster? Willst du mich provozieren? Rufst du noch nach mir?

Doch es ist nicht deine Stimme, es ist die Stimme einer Frau, die nach einem Krankenwagen ruft. Ich gehe zur

Balkontür und noch bevor ich sie erreiche, spüre ich es. Wie einen eisigen Windhauch, der von unten kommt. Ich beuge mich über die Brüstung und sehe in den Vorgarten: Du liegst mit dem Rücken auf dem Rasen, die Arme über dem Kopf, das linke Bein merkwürdig angewinkelt. Du rührst dich nicht.

Sie fällt. Schon wieder. Greift einfach ins Leere und rutscht ab. Wie lange das dauert, der kurze Weg, die wenigen Meter und dann der dumpfe Schlag. Dumpfe Schläge ein Leben lang. Mein Kopf, denkt sie, immer mein Kopf, eines Tages werde ich noch verrückt, von all den vielen Schlägen auf den Kopf. Oder sterbe. Sterbe ich jetzt endlich? Hier, auf einem winzigen Stück Rasen in Berlin, vor Katharinas Augen? Katharina. Katharinas Augen. Nur nicht Katharina aus den Augen verlieren. Der Himmel so blau. Weiße Wolken, kleine Vögel, die Vögel sind so klein in diesem Land, dabei sind die Menschen so groß.

Sie will schlafen, aber man lässt sie nicht. Man tut ihr weh. Schmerzen. Ihr Körper brennt, ihr Bein fliegt davon, sie muss es festhalten, aber ihre Arme gehorchen ihr nicht mehr, heben auch ab, schweben über dem Boden.

„Bleib ganz ruhig liegen, Toni, gleich kommt ein Krankenwagen. Alles wird gut, Liebling."

Liebling. Lieblingswort. Wie das für die Falter, das hat sie vergessen. Sie sind gelb und schmettern. Sie schmettert nicht mehr. Sie segelt davon, jetzt ist der Himmel weiß. Sie ist weiß. Nein, sie ist überhaupt nicht weiß. Sie weiß.

Was weißt du?

Es ist eine blecherne Stimme, die sich in ihre Ohren schraubt, während man sie auf eine Trage schnallt.

Sie müssen es nicht sagen, wir können Ihre Gedanken lesen. Sie können sie selbst auf dem Bildschirm betrachten.

Sie darf nicht denken. Sonst werden sie es erfahren. Alle werden alles von ihr erfahren. Sie schaut auf den Monitor:

Ein Lager, Hütten, eine Frau. Encarna. Sie hat ihr den Rücken zugewandt, vor ihr steht ein Mann und lächelt. Er ist ihr Bewacher, aber er bewacht sie nicht. Er ist unbewaffnet und mit Blumenketten geschmückt. Sein nackter Oberkörper ist rot bemalt. Er breitet die Arme aus und geht auf Encarna zu, die unbeweglich stehen bleibt und sie will zu dem Mann sagen: Geh nicht weiter!, aber sie kann nicht sprechen und da knickt er auch schon ein, von seinem eigenen Zu-Boden-Gehen überrascht, fällt in den Staub, Gewehrsalven prasseln auf ihn ein, bis er blutüberströmt zusammensackt. Es ist still, jetzt dreht sich Encarna zu ihr um. Sie trägt eine schwarze Sonnenbrille, ihr Mund ist geschminkt und unbeweglich, sie hält ein schlafendes Baby im Arm.

Versteck es, sie werden es dir wegnehmen, vielleicht töten.

Encarna schüttelt den Kopf, trotzig und bestimmt, und nun versteht sie: Alle wissen es längst, es versendet sich durch ihren Kopf auf alle Leinwände dieser Welt. Es gibt kein Geheimnis mehr zu bewahren.

Vergiss es.

Die Stimmen sind verschwunden, der staubige Weg, auf dem gerade eben noch Encarna stand, verschwimmt mit ihrer Silhouette und sie steht vor einer eisenbeschlagenen Holztür. Sie geht einen Schritt darauf zu und die Tür öffnet sich automatisch. Dahinter ist dicker Nebel.

Sie geht weiter, die Tür fällt hinter ihr zu und eine nächste tut sich vor ihr auf. Geht sie in sich hinein oder geht sie aus sich heraus? Ist das der Tod? Sie dreht sich um, die Tür ist verschwunden. Was war dahinter? Ein weites Land. Wie heißt es? Der Name liegt ihr auf der Zunge, doch ihre Zunge schwillt an, die Worte darauf fallen in den Rachen, werden fortgespült, hinuntergeschluckt. Sie steht auf einer weiten Fläche Zeit. In einer Ecke steht Lidia und zieht an der Schnur eines Hampelmanns. Nicht weit davon: Pablo. Sein Torso sitzt auf einem Rollbrett. Er lacht, hält sein linkes Bein in der Hand und spielt damit Fußball. Nicht ansprechen. Sie ist im Reich der Toten. Weitergehen. Die nächste Tür. Fliegt auf und ein Sog zieht sie mit sich. Ein Tunnel. An den Wänden Bilder. Fotografien von Urwäldern, Flugzeugen, großen Schiffen, computergesteuerten Grafiken. Musik. Trommeln, Klavier, eine Trompete. Eine Stimme. Wem gehört diese Stimme? Arme, Hände, Körper. Man zieht sie aus dem Tunnel, es ist hell, sie will ihre Augen schließen, doch sie sind schon geschlossen. Man bringt sie ins Licht, man bringt sie fort. Immer bringt man sie fort. Warum kann sie nicht einfach irgendwo bleiben?

„Sind Sie eine Angehörige?"

„Ich bin ihre Freundin."

Der junge Arzt legt den Kopf ein wenig schief, als könnte er das für einen Schwindel halten.

„Ihre Lebensgefährtin", sage ich in einem Ton zwischen Bestimmtheit und Kontrollverlust.

„Verstehe", antwortet der Arzt und streckt mir die Hand hin. Dann nimmt er mich am Arm, schiebt mich neben sich den Gang entlang, der aussieht wie die Kulisse eines futuristischen Actionfilms: metallene Schiebetüren, bunte Knöpfe, geschäftig rauschende Raumschiff-Besatzung in Grün, Hellblau und Weiß.

„Ihre Freundin ist schwer verletzt." Er macht eine Pause, bleibt stehen, sieht sie von der Seite an. „Wussten Sie von der Kopfverletzung, die sie vor ein paar Jahren erlitten haben muss?"

Ich nicke. Als ob.

„Sie hatte einen Unfall. Mehr weiß ich allerdings nicht. Wie geht es ihr jetzt?"

„Den Umständen entsprechend. Sie hatte großes Glück. Ein paar Knochenbrüche – Oberschenkel, Knöchel, Schulter, Rippen – und die Schädelplatte. Die alte Verletzung ist wieder aufgebrochen. Ein Riss. Und die Prellungen, die dazukommen. Sonst scheinbar keine weiteren inneren Verletzungen. Sie braucht Ruhe. Absolute Ruhe. Wir haben sie vorübergehend in künstliches Koma versetzt."

„Kann ich zu ihr?"

„Sie können in ihre Nähe."

Du. Das dort hinter der Glasscheibe bist du. Dein Kopf und alles, was du jemals gedacht hast, ist eingewickelt in einen weißen Verband, dein Gesicht so klein, dass ich dich kaum wiedererkenne, obwohl ich dich im Schlaf auswendig weiß.

Sie stellen mir einen Stuhl hin und wenn ich will, kann ich auf einer Liege übernachten und dich betrachten. Deinen Herzschlag beobachten. Der Monitor zeichnet einen Strich, der unregelmäßig nach oben und unten zuckt. Wenn der Schlag zum Stillstand kommt, verläuft eine gerade Linie ins Nichts. Dann ist der Film zu Ende.

Wie fühlt es sich an, wenn man aus dem Fenster fällt? Sechs Meter tief steht in dem Polizeiprotokoll. Ob du dich umbringen wolltest?

„Nein, wieso sollte sie? Wir wollen doch in ein paar Monaten heiraten."

„Heiraten?"

„Ja. Verpartnern. Wir sind ein Paar."

„Hat Ihre zukünftige ...", der Beamte ringt nach einem Wort, das ihm leichter über die Lippen geht, findet aber keines, „Ihre zukünftige Ehefrau eine gültige Aufenthaltsgenehmigung?"

„Ja. Sie ist Studentin. Ihre Papiere sind zu Hause. Ich kann sie Ihnen gerne morgen bringen."

Ich weiß nicht, wie ich das machen soll, warum ich das alles sage, aber es scheint mir die Wahrheit und ich habe das Gefühl, dich damit zu schützen. Vielleicht habe ich auch das Gefühl, uns zu schützen. Mir Zugang zu verschaffen. Das Recht zu erlügen, bei dir zu sein.

Du rührst dich nicht. Ich habe das Licht auf meiner Seite der Scheibe gelöscht. Du dagegen bist hell erleuchtet, spielst die Hauptrolle in diesem Stück ohne Vorhang. Von Zeit zu Zeit kommt ein Statist auf die Bühne, liest auf den Geräten Zahlen ab.

Für einen Moment lässt man mich zu dir. Antiseptische Handschuhe, Kopfbedeckung, Überschuhe, Mundschutz.

„Nicht anfassen", sagt der Arzt zu mir und ich nicke.

Dabei sind es doch Gedanken, die berühren und Schmetterlinge machen.

„Komischer Name", hast du gesagt und auf einen Zitronenfalter gedeutet: „Die schmettern doch nicht. Die täumeln doch."

„Täumeling", flüstere ich und bilde mir ein, dass sich dein Kopf bewegt.

Danach schlafe ich auf der Liege hinter der gläsernen Trennwand ein. Träume von einem Schwimmbecken ohne Wasser, in das ich mich kopfüber vom Sprungturm stürze. Der Alarm reißt mich aus dem Schlaf. Licht an, Schwestern und Ärzte rennen in dein Zimmer, der Strich auf dem Monitor: eine gerade Linie. Ein Pfleger reißt die Decke zurück, zerfetzt den Stoff, der deinen nackten Körper schützt, schlägt auf deine Brüste, die schneeweiß auf dir liegen wie ausgewaschene Steine im Flussbett.

„Hilfe", rufst du und ich will aufspringen und zu deinem Bett laufen, aber man hat mich festgeschnallt, ich kann mich nicht bewegen, nicht schreien, kann nur zusehen, wie man dich schlägt, wie sich der Verband um den Kopf löst, wie Blut an deiner Schläfe herunterrinnt und wie du mich ungläubig mit weit aufgerissenen Augen durch die Scheibe hindurch anstarrst.

Eine Krankenschwester hört mich rufen und holt mich in die Nacht zurück. Du liegst genauso da wie zuvor; der Strich zieht ein gleichmäßiges Zickzack über den Bildschirm.

„Kein Grund zur Beunruhigung", sagt der Arzt, den man meinetwegen geholt hat, und gibt mir eine Spritze.

Wenn all das kein Grund zur Beunruhigung ist, was dann?

Als man mich weckt, habe ich das Gefühl, Tage geschlafen zu haben, kann kaum die Augen offen halten und weiß für einen Augenblick nicht, wo ich bin. Dann erinnere ich mich: Du bist in den Garten gefallen. Oder bist du doch in den Garten gesprungen?

Derselbe Arzt, der mich zuvor nach deiner Kopfverletzung gefragt hat, steht an meinem Bett und lächelt, als würde er mir einen Lottogewinn überbringen.

„Ihre Freundin hat die Seite gewechselt. Sie weilt wieder unter uns. Ihr Zustand ist stabil, Sie können zu ihr. Nicht lange. Nur ein paar Minuten."

Ein paar Minuten zu dir. Was soll ich dir in ein paar Minuten bloß sagen?

„Kannst du mich hören?"

Du reagierst nicht.

„Pass auf, wenn Reden schwierig ist, zwinkerst du. Einmal zwinkern: Ja. Zweimal Zwinkern: Nein. In Ordnung?"

Zur Sicherheit sage ich es noch einmal auf Spanisch. Wer weiß, ob du noch Deutsch kannst.

Du schließt die Augen und öffnest sie wieder, langsam, als lägen tonnenschwere Gewichte darauf.

„Weißt du, wer ich bin?" Und dann noch einmal auf Spanisch: „Sabes quien soy?"

Ich versuche ein Lächeln und wünschte, du würdest sagen: Geliebte.

Du siehst mich lange an. Schließt die Augen. Öffnest sie wieder. Schließt sie wieder.

Bitte nicht. Sag, dass das nicht wahr ist.

„Du erkennst mich nicht? No me reconoces?"

Augen zu, Augen auf, Augen zu, Augen auf.

Durchatmen. Nichts anmerken lassen. Die Tränen, die mir heiß in die Augen steigen, wegblinzeln. Lächeln. Gibt es etwas Schlimmeres, als nicht voneinander zu wissen? Kann es sein, dass du vergessen hast, dass du mich liebst? Wirst du dich wieder in mich verlieben? Oder hat jede Liebe nur das Recht auf eine einzige Geschichte? Die Gedanken stolpern durch meinen Kopf wie Zirkustiere auf dem Weg in die Manege. Du siehst mich an und etwas in deinen Augen bittet mich. Ich nehme deine Hand, sie ist warm, du lässt es geschehen, folgst mit deinem Blick jeder meiner Bewegungen.

„Ich bin Katharina. Deine Freundin."

Mehr weiß ich nicht. Den Rest müssen wir uns ausdenken.

Sie fährt mit den Fingerspitzen über die scharfen Kanten der Schlüssel. Irgendwo gibt es ein Schloss dafür, eine Tür, die sich öffnet, ein Briefkasten vielleicht. Eine Wohnung, einen Geruch, etwas glaubt sie zu riechen, aber es ist nur eine flüchtige Ahnung. Ein Flur. Ein Geruch in einem Flur, ein Gefühl, ein Wort: endlich. Die Schlüssel werden von einer großen Büroklammer zusammengehalten. Sie hat sich schon einmal darüber gewundert. Wann? Außer dem Schlüssel liegt ein kleiner brauner Geldbeutel mit ein paar Münzen in der Schublade. Sonst nichts. Auf dem Nachttisch liegen Papier und Bleistift. Falls ihr etwas einfällt. Ein Name, zum Beispiel. Katharina. Ja, sie erinnert sich, aber sie weiß nicht, woran. Es ist ihr nicht unangenehm, dass die Frau mit der weichen Stimme und den blauen Augen ihre Hand nimmt, es ist ein vertrautes Gefühl. Sie lächelt und dieses Lächeln kommt ihr bekannt vor. Wenn sie das Zimmer betritt, ist sie froh, wenn sie es wieder verlässt, fühlt sie sich verloren. Aber wieso weiß die Frau nicht, woher sie kommt? Weshalb kennt sie ihren Familiennamen nicht. Und wieso bringt sie ihr eine Dose mit Erde mit?

In ihrem Kopf schieben sich dicke weiße Wolken hin und her, manchmal tut sich ein Spalt auf, dann dringt Sonne durch und es wird ein wenig heller. Doch sehen kann sie nichts. Keine Menschen, keine Häuser, keine Landschaft. Toni. Ist das nicht ein seltsamer Name für eine Frau? Sie nimmt den Stift und schreibt ihn auf das weiße Blatt Papier. Toni. Hellblau. Der Name ist hellblau. Und weiß. Schnee. Ein hellblauer Schneename. Sie ist dunkel. Ihre Hautfarbe sticht aus der weißen Bettwäsche hervor, sie fällt auf, zwischen den Ärzten, Schwestern und Katharina.

„Ich muss herausfinden, woher ich komme."

„Damit solltest du vielleicht noch ein wenig warten", sagt Katharina.

„Weshalb? Ich will wissen, wer ich bin!"

„Ich weiß. Aber es gibt Grund zur Annahme, dass du da, wo du hergekommen bist, gewisse Schwierigkeiten hattest."

„Schwierigkeiten?"

„Du wolltest um keinen Preis zurück."

„Wer sagt das?"

Katharina holt Luft. „Du. Im Traum. Ein paar Mal. Dass du nicht zurück willst. Außerdem hast du nie erzählt, woher du kommst. Du hast gesagt, es spiele keine Rolle. Findest du das nicht eigenartig? Als wolltest du es verbergen."

„Wieso hast du gehört, was ich im Traum sage?", fragt sie alarmiert.

„Weil wir zusammen übernachtet haben."

„In einem Bett?"

Katharina errötet leicht. „Ja, in meinem Bett."

„Wie sieht dein Bett aus?"

„Es ist niedrig, aus Holz und es ist immer mit weißer Bettwäsche bezogen. Es steht in meinem Schlafzimmer. An den Wänden hängen Strandfotos. Es gibt ein Fenster mit weißen Vorhängen und einen kleinen Balkon."

Der Balkon. Sie sieht die steinerne Balustrade, sie fühlt, wie es sie dorthin zieht. Dahinter ist etwas, das sie haben will. Etwas, das sie braucht, das lebenswichtig ist. Sie schließt die Augen.

Konzentrier dich.

Das Fenster. Wie sie aus dem Fenster klettert, sich Schritt für Schritt an der Häuserwand entlangschiebt, sich festhält an den ausgewaschenen Fugen der Backsteine, die hin zum Balkon führen. Sie muss hinüber. Sie muss durch die Tür hinein. In dem Zimmer ist jemand, den sie sucht. Ein Körper, der nackt auf dem Bauch liegt. Ein anderes Bild schiebt sich davor: Sie streicht mit der flachen Hand über einen nackten Rücken. Lässt ihre Finger sanft über jeden einzelnen Wirbel bis zum Hals gleiten und streicht das blonde Haar zur Seite. Die Haut ist glatt, weich und im Licht der Vollmonddämmerung glänzend hell. Sie küsst die Stellen hinter dem Ohr und richtet sich wieder auf. Die Frau, die vor ihr liegt, atmet geräuschvoll aus und dreht sich zu ihr um.

„Was ist mit dir? Erinnerst du dich an etwas?"

Dieselben Augen. Derselbe Mund.

Sie zögert kurz. Dann schüttelt sie den Kopf.

„Nein, nicht wirklich."

Katharina nimmt ihre Hand.

„Und unwirklich?", fragt sie leise.

Toni schließt die Augen und schiebt ihre vernarbten Finger zwischen die von Katharina.

No te vayas. Geh nicht weg.